AF156172

Jean-Marie PÉGEOT

Il y a du gaz dans l'eau

Edition: BoD - Books on Demand
12/14 rond-point des Champs Elysées, 75008 Paris
Imprimé par Books on Demand GmbH, Norderstedt, Allemagne
ISBN : 9782322038152
Dépôt légal: juillet 2015

Préambule

Tous les matins en ouvrant le robinet, l'eau coule : c'est normal, personne n'y prête plus attention. Dans les supermarchés, des tonnes de produits sont à la disposition des consommateurs, cela fait partie de la routine. Lâchés dans la nature sans argent, combien d'entre nous survivraient ? Quelques marginaux ont pris conscience que la Terre nous donne tout. L'idée de la protéger fait son chemin, et pourtant des inconscients sont prêts à réaliser les pires prouesses technologiques et industrielles pour assurer leur petit confort personnel. Ils ne réalisent pas le danger encouru pour eux-mêmes et leurs enfants à contrarier la planète dans son fonctionnement originel.

chapitre I

Monsieur Duvernoy tenait un magasin à St-Georges, dans une rue étroite entre la pharmacie et la boulangerie. L'homme, costaud, était calme, la bedaine tendant sa chemise blanche au dessus de la ceinture du pantalon. Il réajustait ses lunettes devant les clients pénibles en laissant échapper des soupirs à peine perceptibles, développait les pellicules dans l'arrière boutique, et prenait en photo femmes et enfants à l'occasion d'heureux évènements ou pour la carte d'identité. On sentait un certain professionnalisme, mais aussi la chaleur devant ses projecteurs impressionnants. Dans la boutique, on trouvait évidemment des appareils photo et des films, mais aussi des machines à écrire et des postes de radio. Sur l'étalage dormait là depuis longtemps un harmonica. Il n'y en avait qu'un, un seul, allez savoir pourquoi ? Chaque fois que je passais dans cette rue, je m'arrêtais devant la vitrine, et je le dévorais des yeux. C'était un harmonica chromatique seize trous avec la tirette de côté, posé dans son étui recouvert de feutrine rouge. Il m'arrivait d'entraîner ma mère devant le magasin du photographe pour lui montrer l'instrument, mais nous n'avions pas de sous pour acheter un truc aussi inutile !

Un jour, c'est sûr, il disparaîtrait, un gosse de riches partirait avec. J'avais obtenu comme réponse : « Tu en as déjà un ». Tu parles, un machin en plastique acheté à la foire, sur le banc à cent francs. Cent francs d'avant mille neuf cent soixante bien sûr, c'est-à-dire un nouveau franc, environ un euro d'aujourd'hui à la foire fouille. Avec cet objet, j'arrivais pourtant à jouer « Au plaisir des bois » et « la Paloma », un véritable exploit !

Nous n'avions pas grand-chose à Noël mais nous étions à l'abri des intempéries et à table, les légumes du jardin emplissaient nos assiettes. Les cadeaux, on les regardait dans les catalogues, on les découpait même, on rêvait et ça s'arrêtait là. Pourtant cette année-là, quelle ne fut pas ma surprise sous le sapin : l'harmonica dans son étui bien emballé dans du papier cadeau. Il devait neiger et faire froid dehors, mais j'avais chaud aux joues et dans mon petit cœur fragile. En posant mes lèvres sur les trous du métal chromé et parfaitement lisse de l'instrument, je suis passé en une nuit du musette au rock and roll. Les altérations de la gamme de blues étaient enfin à ma portée avec ce bel instrument.

Il n'y en eut plus jamais d'autre dans la devanture du photographe. L'heure de la retraite ayant sonné pour le père Duvernoy, c'est son fils Charly qui a pris la succession du magasin.

Un jour, son ami Jacques débarque chez lui avec un écran un peu plus petit qu'un téléviseur et une espèce de machine à écrire dans un coffret en plastique.

« Qu'est-ce que c'est que ça ? s'interroge Charly.

- C'est un ordinateur.

- Ah oui, un ordinateur, je n'en sais pas beaucoup plus !

- Attends, je vais t'expliquer. »

Puis il branche l'engin sur le secteur.

« Tu vois, on peut taper un texte avec le clavier, on peut le modifier à tout moment et l'enregistrer sur une cassette. Plus besoin de papier ou de stylo. C'est l'avenir.»

« Ça sert donc à ça un ordinateur ?

- Entre autres... Ça peut servir aussi à gérer le compte en banque, par exemple. »

Et son ami Jacques lui dévoile son budget :

« Dans cette colonne, il y a les recettes, dans celle-là, les dépenses et là...le solde...et puis en bas à droite... »

Et furtivement il s'échappe du tableau en souriant et ajoute :

« Ah, je suis à découvert de 2000 francs.

Mine de rien, Charly lui pose la question :

- Et tu l'as payée combien cette merveille ?

- 2200 francs. »

En éclatant de rire, le photographe fait remarquer à son ami qu'avec une règle, un crayon et un cahier, son compte en banque ne serait pas dans le négatif. Pas question donc pour Charly d'investir dans un ordinateur.

Et puis les années passent. Le commerce s'essouffle petit à petit. Une grande surface s'est ouverte dans le faubourg. Charly ne vend bientôt plus d'appareils photos argentiques traditionnels, le numérique a pris la place. Plus de machines à écrire non plus. Quelques photos de mariage ou de baptême et un ou deux postes de radio ne suffisent pas à réaliser son chiffre d'affaires. Le photographe n'est pas passé à l'ère informatique, il est incompatible avec cette nouvelle technologie. Depuis longtemps, le comptable a brandi le fantôme du dépôt de bilan. Il faut faire vite avant que les dettes ne dépassent la valeur du stock.

C'est ainsi que par un jour de mai ensoleillé où retraités et chômeurs s'attardent aux terrasses des cafés, la boutique met la clé sous le paillasson.

Charly n'a jamais eu beaucoup d'ambitions, il n'est pas du genre à rayer les parquets avec ses dents pour obtenir quelque chose. Encore enfant, alors que ses petits camarades faisaient la course à vélo, lui traînait derrière, regardait les fleurs sur le bord de la route, observait le vol des oiseaux, le déplacement des chenilles. Il trouve son bonheur à rêvasser dans la nature, et ce n'est pas l'argent qui le motive. C'est cela que lui reproche Cécile, sa femme. D'ailleurs, elle a rencontré un directeur commercial avec qui elle partage vacances à la mer, hôtel trois étoiles et voitures de luxe.

« Bonne année, bonne santé !

- Merci, merci, je vais bien me marrer, je le sens ! »
a répondu Charly à tous les gens bien intentionnés lui
ayant souhaité plein de bonnes choses au premier janvier
et les jours suivants. Pas besoin d'être devin pour
imaginer ce qui allait se passer cette année. Tout ce qu'il
avait prédit est arrivé. Dans la vitrine du photographe, à
l'endroit précis ou m'avait attendu mon harmonica et son
étui, un sinistre panneau : « locaux à louer » donne à
présent une idée de l'avenir. Allée des cèdres, une
pancarte « à vendre » est accrochée aux volets de la
maison des Duvernoy en attendant leur divorce.
Bizarrement, Charly n'en fait pas une maladie. C'est un
mauvais moment à passer, c'est tout. Il faut accepter les
choses que l'on ne peut changer. Heureusement, il a
hérité de la maison de ses grands parents, d'humbles
paysans qui possédaient un cheval, deux vaches et un
veau quand tout allait bien. Il passait ses vacances à la
ferme où sa « mamie » l'occupait au jardin.

Il se souvient s'être demandé pourquoi elle ne
cueillait pas tous les radis, en laissait quelques-uns
monter, faire des fleurs, puis de ridicules fruits allongés.
Il eut la réponse un après-midi d'automne lorsque,
débarquant dans la cuisine, elle en déposa un tas sur la
table. En écrasant le ventre des gousses, il fallait en
extraire les graines puis les mettre dans un petit sac en
papier. L'opération avait duré des heures. Au printemps
suivant, le grand-père avait retourné la terre du jardin et

Charly avait semé ces fameuses graines en les enfonçant soigneusement dans le sol avec son râteau. Il fallait arroser aussi, mais quelle joie lorsque huit jours plus tard deux feuilles de radis sortaient de terre ! Avec le départ de la grand-mère pour l'au-delà, c'est toute son enfance qui s'est envolée d'un seul coup.

Il va donc à présent s'installer à la « Combotte », le petit coin de terre où ont vécu ses grands-parents Alfred et Angèle, mais cette fois pour de grandes vacances. La maison est restée longtemps à l'abandon. Des chardons et des pissenlits ont élu domicile dans le jardin.

Charly est atteint d'un léger tremblement, le rythme de son cœur s'accélère en ouvrant la porte d'entrée donnant directement dans la cuisine. Pratiquement rien n'a changé depuis le départ d'Angèle. Tout est encore en place, comme si elle avait quitté les lieux hier. Bien sûr, il faut aérer. Ça sent le bistre de la cheminée et un peu le moisi, mais rien n'est vraiment dégradé. Les fourneaux sont encore là, il manque seulement la grande armoire du « poêle ».

Le gars Duvernoy s'installe donc dans la maison. Avec une corde et un vieux seau trouvés à l'écurie, il s'approche du puits et remonte de l'eau pour réamorcer la pompe. Sa grand-mère avait toujours une casserole à proximité, pour cette opération délicate. Après avoir vidé un peu d'eau dans la pompe fixée à hauteur de l'évier, il actionne le bras, une fois, deux fois...Mais rien, pas la moindre goutte n'arrive. La moitié du seau est déjà passée dans la pompe quand elle commence seulement à gargouiller, à envoyer quelques petits jets, puis se met enfin à couler à bon débit. Charly en a les larmes aux yeux. Qui dans ce monde moderne peut éprouver pareil bonheur en actionnant son mitigeur d'eau tiède ? Personne ne pense à ça ! Les gens ont en tête leur découvert en banque, leur boulot, leurs soucis en se levant le matin, des choses qui les entraînent vers le bas, mais qui a le temps de réaliser que les choses les plus simples font la qualité de la vie ! Sous l'évier, un savon de Marseille à peine utilisé est resté dans le placard depuis au moins trois ans, si ce n'est plus. Charly a sorti de son sac à dos un duvet, des sandwichs au saucisson et des petits pains au chocolat qu'il est passé prendre à la boulangerie.

Un peu plus tard dans l'après-midi, le soleil commençant à descendre à l'horizon, il se pose une question dont la réponse arrive assez vite en baissant l'interrupteur de la cuisine : pas de lumière ! Idem dans le « poêle », pourtant les ampoules recouvertes de toiles d'araignées ont l'air bonnes. Au compteur, tout est en ordre. Les fusibles n'attendent qu'un éventuel court-circuit, qui ne risque pas d'arriver de si tôt, puisqu'il n'y a visiblement pas de tension, pas de courant arrivant du vieux poteau électrique. Il s'en doutait bien un peu, mais il faut donc qu'il cherche une bougie ou quelque chose comme ça avant d'aller se coucher. Il commence à ouvrir les placards.

poêle : pièce à vivre correspondant au salon aujourd'hui

Il a repéré un bougeoir, mais avec le reste de la chandelle plantée en son centre, il ne va pas s'éclairer bien longtemps. En cherchant dans un vieux buffet, il met la main sur un paquet de bougies toutes neuves, enfin...presque ! Elles ne datent pas d'hier ! Ses grands-parents étaient des gens prévoyants, qui avaient vu la guerre, aussi ne se laissaient-ils pas démunir. Ce qui étonne Charly, c'est le peu d'intérêt porté par ses parents à tous ces souvenirs.

Il aimerait bien allumer une chandelle avant la tombée de la nuit, mais voilà, il n'a pas trouvé d'allumettes. Tant pis, à chaque jour suffit sa peine. Sans éclairage, mieux vaut s'installer à présent sur le lit de la chambre haute, juste au dessus de la cuisine. C'est là qu'il dormait quand il venait en vacances. Le matin, quand l'odeur du café le réveillait, il était l'heure de se lever. Demain matin, c'est sûr, il pourrait bien en être autrement !

Le lendemain, Charly ouvre un œil au lever du jour. Il n'a pas fermé les volets bien vétustes de peur de les casser complètement, si bien que les premiers rayons du soleil sont venus caresser son duvet. Il essaye de se rendormir, de tourner le dos au jour qui se pointe à l'horizon, mais il est réveillé pour de bon. Il décide donc de se lever. Dans la cuisine, pas la moindre odeur de café ! il faut d'abord réamorcer la pompe pour boire un verre d'eau. C'est mieux que rien !

Il y a des femmes africaines qui font des kilomètres à pied pour aller en chercher dans des cruches en terre. On devrait y penser lorsqu'on se plaint de la pluie et du mauvais temps !

Dans la matinée, le gars Duvernoy a enfourché son vélo pour aller à St-Georges. Il a tout d'abord acheté des allumettes, puis il est passé allée des cèdres récupérer sa canne à pêche et un poste de radio. La maison semble abandonnée et les éventuels acquéreurs ne se bousculent pas.

Sur le chemin du retour, le ciel est bien sombre. Il est fort probable qu'il n'ait pas le temps de rentrer sans se faire rincer. Dans la minute suivante, ça y est, quelques grosses gouttes commencent à tomber, et puis, d'un seul coup, des trombes d'eau. Le temps de sortir son imperméable de son sac à dos, il est déjà trempé. Il aimerait bien se mettre à l'abri. En arrivant sous le pont à la sortie de la ville, il pose son vélo. Une jeune fille, tout comme lui s'est arrêtée en attendant la fin de l'orage. Dans sa petite tenue de cycliste, elle est bien mignonne et silencieuse. Charly engage la conversation, sur la pluie surtout, bien qu'il s'en foute un peu à vrai dire. Il lui raconte des banalités affligeantes en regardant en coin son décolleté. Elle se méfie, ça se sent. Puis un troisième cycliste arrive, sur son vélo de course, les fesses moulées dans son cuissard, un beau maillot bleu avec cette inscription en blanc : « GDF Suez ». Peut-être un actionnaire, un employé fier de sa boîte, ou tout simplement un frimeur ? Sûrement pas un client, ou alors un abruti content de payer une facture de plus en plus salée, à la limite du supportable. Plus un mot sous le pont depuis l'arrivée de l'intrus. Charly essaie de croiser les yeux de la petite brune qui détourne la tête quand elle sent son regard la dévorer. Une petite pluie fine, mais régulière fait suite au gros de l'orage. Allez, hop, c'est parti. Duvernoy n'a rien à partager avec ces deux sombres individus. Ils ne vibrent pas sur la même longueur d'onde que lui! Il reprend sa route, tant pis, il sera mouillé et après ! Il en a vu d'autres.

En arrivant à la ferme, la porte à peine ouverte, il pense aux allumettes ! Aïe, aïe, aïe ! Il plonge la main dans son sac à dos et...en ressort les deux boîtes complètement humides. Le carton est mou comme du chewing-gum. Décidément, il n'a pas de chance. Il aurait bien allumé un feu pour se sécher, mais voilà...Toujours pas d'allumettes ! Il a bien appris à enflammer du papier avec une loupe en plein soleil, mais sous les gros nuages qui se traînent bien bas, mieux vaut ne pas y penser ! Ses habits étant également trempés, autant retourner à St-Georges tout de suite, maintenant que la pluie s'est calmée. Sur le chemin de la ville, sous le pont, plus personne. Au magasin, la vendeuse sourit en le voyant tout mouillé réapparaître à la caisse avec son nouvel achat :

« Vous avez déjà tout craqué ? »

Charly lui montre l'état des deux premières boîtes. Elle est toute compatissante et lui sourit en encaissant ses quarante centimes : un rayon de soleil dans une journée pourrie !

De retour à « la Combotte », avec un vieux journal relatant les bienfaits de la mondialisation, quelques brindilles de fagot trouvées sous la remise et deux ou trois morceaux de charbonnette, la vieille cuisinière s'est remise à ronfler après des années de repos. Faute d'avoir convaincu Charly, l'article du journal aura au moins servi à allumer le feu ! Le gars Duvernoy est heureux, il sifflote en allant sous la remise chercher quelques bûches bien sèches. Ce n'est pas le bois qui manque. Le grand père Alfred avait prévu une guerre, une révolution ou quelque chose comme ça, un siège qui aurait pu tenir dix ans ! En slip devant le bon feu, la chaleur de la cuisinière le dispose à un plaisir inavouable en pensant aux jolis yeux de la vendeuse d'allumettes et à son sourire. Sur les barres accrochées à la cheminée sèchent son short et son T shirt. Il les a frottés au savon de Marseille avant de les rincer soigneusement. Dehors, la pluie tombe à nouveau. De la gouttière, une fuite incessante ruisselle bruyamment sur le sol. Il ne fait pas très froid. Pourquoi ne pas en profiter pour se laver ? Il est maintenant dans la tenue d'Adam sous le jet d'eau irrégulier, un savon à la main, quel tableau original ! L'eau est tiède et la sensation sur la peau bien agréable. La pluie ne cessant pas, il est encore là, un quart d'heure plus tard, à rêvasser, à penser à son père qui râle quand on laisse couler l'eau pour rien. Finalement, il rentre dans la maison afin de remettre une bûche dans la cuisinière et se sécher. Cette aventure l'a ragaillardi, il est en pleine forme. En fin de journée, le soleil réapparaît, cet épisode pluvieux n'était qu'un orage. Il n'a pas plu longtemps et pourtant, le niveau d'eau dans le puits est quelque peu monté. La perche munie d'un ballon de foot en plastique servant de flotteur grimpe tout doucement le long des vieilles pierres polies par les frottements et les intempéries.

chapitre II

La semaine suivante, le soleil étant au rendez-vous, Charly part du côté de la rivière avec sa canne à pêche. Après avoir posé son vélo, puis suivi un sentier à travers branchages, orties et fougères, il s'arrête au bord de la première cuvette où l'eau dort paisiblement. Le courant y est pratiquement inexistant en cette période de l'année et le poisson très méfiant. Il vaut mieux approcher le plus discrètement possible. Dans le silence presque parfait, seul le clapotis de la rivière sur les pierres en contrebas peut couvrir le bruit des pas du pêcheur. En dépliant sa canne, il a fait fuir un banc de poissons comptant bien une vingtaine d'ombres de toutes les tailles. Le temps d'accrocher un ver sur l'hameçon, quelques thymallidés inconscients sont revenus voir ce qui se passait. Dans la minute suivant la mise à l'eau du bas de ligne, le bouchon s'est enfoncé une première fois. Pas de chance, l'extrémité du ver a été dévorée sans que le poisson ne morde vraiment. Ce n'est qu'à la troisième alerte que la première victime est prise : une belle pièce d'une quarantaine de centimètres. Il faut remettre la ligne à l'eau, puis attendre. Le temps prend une autre dimension, chaque minute écoulée semblant s'éterniser. Seul le vol des moustiques vient perturber le calme ambiant. Pour parvenir jusqu'à ce coin, il ne faut pas avoir peur de marcher à travers les orties et les épines des mûriers. Ceci explique l'absence de canettes vides, de sacs en plastique et de tout individu bruyant ressemblant de près ou de loin à un être humain. Après quelques-uns de petite taille rejetés à la rivière, ce sont deux, puis trois ombres qui s'entassent dans la musette de Charly. Maintenant, ça suffit. De toute façon, il n'a pas vraiment envie de cuisiner et subitement lui vient une idée : il va passer chez les Mouilleseaux à la ferme du « Pré-dessus » avant de rentrer à la maison.

Arrivé dans la cour de la vieille maison, le chien a accueilli le gars Duvernoy avec quelques aboiements insignifiants, histoire de prévenir les propriétaires de la présence d'un intrus dans les parages. Seuls les grands-parents sont là, dans l'ancien corps de logis.

« Ah, c'est Charly, un revenant ! s'écrie Marie en ouvrant la porte.

- Entre donc, ça fait longtemps qu'on ne t'avait vu, comment se fait-il que tu nous rendes visite ? Tu vas bien boire un coup ?

- Pour savoir comment vous allez tout simplement et puis, j'ai pris du poisson, c'est pour vous. »

La vieille dame a sorti trois verres :

« C'est gentil tu sais, il n'y a plus grand monde qui s'occupe de nous, alors on est toujours étonnés ! Hein toi Arthur ! »

Un grognement en guise d'acquiescement, l'ancien semble avoir accumulé un grand nombre de déceptions. Puis en haussant les épaules il finit par lâcher :

« Les gens sont devenus bien compliqués ! Le fils a repris la ferme non sans difficultés. Il a fallu moderniser, faire des crédits pour payer les machines et les installations. Du coup, il ne reste pas grand-chose à la fin du mois et sa femme est partie vivre avec un cador à la ville. Notre petit-fils Julien est ingénieur agronome en Alsace. Il conseille les cultivateurs dans leur gestion, le choix des tracteurs, des engrais, des farines, des désherbants, avec la bénédiction du Crédit Agricole qui s'en met plein les poches ! »

A son tour Marie se déverse :

« Ah, tu sais Charly, la vie a beaucoup changé ici. On est comme deux vieux abandonnés. Jeannot, il est tout seul pour faire le boulot, du coup on ne le voit pas, il n'a pas le temps. Tu te souviens quand vous fabriquiez un téléphone avec Julie ?

- Qu'est ce qu'elle devient Julie ?

- Tu veux que je te dise ce qu'elle devient : une pimbêche, voilà ce qu'elle devient, une pimbêche.

Elle n'est jamais là, on ne sait jamais où elle traîne, elle vadrouille à Paris. Et pis, tu sais, Arthur, il est bien malade. On ne sait pas trop ce qu'il a. Depuis qu'il s'est fait vacciner pour cette grippe aviaire, voilà-t-y pas qu'il a des vertiges, de la tension, y'a toujours quelque chose qui va pas ! Le docteur, y veut pas en entendre parler, mais on ne m'enlèvera pas de la tête que c'est ce fichu vaccin qui l'a détraqué ! Ça a commencé le lendemain. La Julie, elle pourrait bien un peu s'en occuper de son grand-père, mais j't'en fous, elle préfère rouler ! Et pis y'a ce bois que le Jeannot a scié, y faudrait le fendre et le rentrer pendant qu'il fait beau. Quand il se met à pleuvoir ici, on ne sait jamais quand ça s'arrête ! Mais Arthur il est trop malade pour le faire et Jeannot... Ben, il n'a pas le temps ! »

Charly réfléchit :

« Mais je peux vous donner un coup de main, si vous voulez. Moi, j'ai tout mon temps.

- Qu'est-ce que t'en dis Arthur ?

Le vieil homme hausse les épaules, une légère moue au coin des lèvres :

- Ma foi, on ne peut pas refuser de l'aide. Si tu veux venir fendre le bois, ça nous rendrait bien service, on s'arrangera.

- Je viendrai dès que je peux. Maintenant, il faut que je rentre.

- Attends un peu, Charly, tu n'as rien bu.

Et Marie sort une bouteille de rouge, remplit les verres des hommes puis le sien d'un café réchauffé à la casserole.

- Tu as bien le temps de rentrer, personne ne va venir te chercher ici ! A ta santé !

- Ah ça, c'est sûr... Santé ! »

Pendant que les deux hommes sirotent leur vin, Marie a sorti trois assiettes.

« Tu vas bien manger avec nous ! »

Au cours du repas, Charly explique aux deux anciens ses mésaventures, la fermeture du magasin, le divorce et son retour à « la Combotte ». Marie n'en revient pas. Au moins tu es chez toi, et puis la maison sera occupée.

« Une maison abandonnée, ça ne ressemble plus à rien avec le temps qui passe ! » Le vin rouge décuplant ses émotions, Charly a bien du mal à cacher ses larmes.

En début d'après-midi, Arthur l'accompagne au jardin et lui montre le carré d'échalotes :

« Les cives sont déjà jaunies, la terre a bien séché depuis l'orage et en plus, c'est la bonne lune pour les arracher. Quand on les récolte avec l'humidité, c'est zéro ! Elles pourrissent au printemps. Ce n'est pas un travail bien fatigant, mais si je me baisse, j'en ai pour trois jours à marcher plié en deux, alors toi comme t'es jeune, t'en as pas pour longtemps ! »

Le vieil homme avait raison, ce petit service n'a pas pris beaucoup de temps et quel plaisir de récolter le fruit du travail de la terre, même si dans le cas présent Charly a le beau rôle.

Après le traditionnel « quatre heures », Arthur discute encore un peu :

« Tiens, prends ce sac d'échalotes et cette bouteille d'huile de noix. Nous, on en a assez. L'an dernier, il y en avait de ces noix, qu'on ne savait plus quoi en faire ! »

En fin d'après-midi, Charly prend enfin congé des Mouilleseaux. Ils sont touchants, tous les deux sur le pas de la porte, ils vont mieux qu'à l'arrivée du jeune homme, ça se sent. Cette petite visite leur a fait du bien.

Les jours suivants, il retourne à la ferme du « Prédessus » pour fendre le bois comme il l'avait promis. Marie l'accueille dans la cour :

« Ah ! Ben tu tombes bien, Arthur sort tout juste de sa sieste. Veux–tu boire un café ?

- Je veux bien, ça me donnera de l'énergie, je vais attaquer le bois si vous voulez.

- Bois ton jus et après on verra ! »

Arthur est un homme calme. Pendant qu'il est allé chercher une hache, Charly a mis le billot en place devant le tas de bois.

« Voilà, faut-y que je te montre comment il faut faire ?

- Non, je vais bien y arriver. Il ne faut pas vous fatiguer.

- Tu as raison, il ne faut pas que je me démonte l'os qui tient tous les autres ! Déjà que les toubibs m'ont assommé avec leurs médicaments ! Il ne faut plus que je boive de gnôle. Tu parles, leur poison, c'est pas mieux, c'est pire, va ! »

Charly passe son pouce sur le tranchant de la hache bien émoussé.

« Arthur, est-ce que vous avez une meule à eau ?

- Pardi, bien sûr que j'ai une meule, dans le temps j'affûtais les sections de lames de faucheuse avec, mais maintenant c'est fini tout ça. Ils changent les couteaux et vas-y que je te fais marcher le commerce, les sous ça défile ! Ils ont tous le feu au fond des poches, pas moyen d'y garder un centime, faut que ça valse les biftons ! »

Le vieil homme entraîne son ouvrier sous un appentis à côté du poulailler. C'est là que se trouve la meule. Elle doit dater d'avant la guerre de mille neuf cent quatorze ou quelque chose comme ça. L'entraînement est manuel. Il manque une dent à un pignon, mais qu'importe, il en reste assez ! Après avoir versé de l'eau dans le bac, l'ancien s'est mis à tourner la manivelle pendant que Charly affûte la hache.

« Dis donc, mon gars, tu t'y connais ! On voit que tu es allé à l'école ! »

Deux minutes d'un côté, puis deux de l'autre et voilà. En passant le pouce sur le tranchant, il faut faire attention maintenant. Un petit coup de pierre à faux pour enlever le fil et ça y est, l'outil raserait les poils sur le bras !

Et puis, de retour au tas de bois, le premier rondin posé le billot ne fait pas un pli. Un coup de hache et il se retrouve fendu en deux en moins de temps qu'il n'en faut pour le dire. C'est parti, mis à part quelques nœuds récalcitrants, le travail n'est pas si dur que ce que l'on aurait pu imaginer. Il faut être prudent, c'est tout. Un accident est vite arrivé. Et l'heure du casse-croûte arrive vite également. Charly est bien parti dans son élan, mais pas question de déroger. Il faut faire « le quatre heures » : saucisson, tartines de beurre et gros rouge, c'est quasi obligatoire quand on travaille de force, comme disent les anciens. Tout en mangeant, les Mouilleseaux évoquent le souvenir d'Angèle et Alfred, les grands parents de Charly : De braves gens avec qui ils avaient beaucoup de complicité. Parfois, ils travaillaient ensemble, pour les foins ou les moissons. Ils se prêtaient la charrue ou le cheval même, car à leur début, le premier tracteur à rouler sur la ferme était bien loin de sortir de l'usine. La ferraille pour le construire était encore au stade de minerai dans les hauts fourneaux de Lorraine et le caoutchouc des pneus sur les arbres dans la forêt d'Afrique !

Après le goûter, le jeune homme a un peu de mal à se remettre en route, le vin rouge l'ayant quelque peu anesthésié. Vers dix-huit heures, Arthur vient surveiller l'allure du tas, ou plutôt des tas de bois, puisque « le fendu » se trouve d'un côté, et celui qui reste à fendre de l'autre.

« Tu en as assez fait pour aujourd'hui, arrête un peu, tu continueras demain. »

Ah, comme Charly aime entendre ces douces paroles. Les chefs dans les usines ne tiennent pas ce langage-là : On n'en fait jamais assez, il faut travailler toujours plus vite, améliorer la productivité, la compétitivité et puis voilà, il n'y a plus de boulot, c'est le chômage !

Le lendemain, en fin de matinée, Charly a terminé de fendre le bois. Il faut maintenant le ranger dans le bûcher.

« On verra ça cet après-midi » soupire Arthur en invitant le jeune homme à prendre place à table. »

Au menu, saucisse fumée maison avec une potée de choux et des pommes de terre. Pendant le repas, Marie raconte quand l'Alfred, son grand-père livrait du bois à la ville.

« Tous les mois, il partait avec son cheval et un chariot. Pour rejoindre la route de Belmont, il lui fallait descendre à la rivière à travers champs et bosquets, sur un chemin de pierre. Je me souviens encore avoir traversé cette forêt sans rencontrer âme qui vive, ou peut-être un cueilleur de champignons égaré, mais c'était bien tout. C'est donc le long de ce chemin se faufilant à travers les arbres, à l'abri de tout regard indiscret, que ton grand-père commettait ses méfaits. Les jours de foire, il partait de la ferme avec deux stères de bois, chargés la veille sur le chariot. Le long du chemin, il complétait son chargement avec quelques rondins pris sur toute la longueur des piles de foyard abandonnées par d'autres paysans. Le secret de l'opération consistait à ne surtout pas creuser un trou attirant l'attention dans l'alignement méthodique et presque parfait des bûches. Son cheval était devenu complice et s'arrêtait tout seul à chaque pile de bois. Ils arrivaient donc à la foire avec trois stères, ni vus ni connus. L'argent de la vente lui permettait d'acheter ce qu'il manquait à la maison, c'est-à-dire le sel, de la ficelle à rôti et éventuellement une ou deux aiguilles et du fil à coudre. Le lait, le beurre, le cochon, les légumes du jardin, les conserves et même le pain étaient produits à la ferme !

Une fois les transactions terminées, il passait au bistrot manger des gras-doubles et s'hydrater le gosier. Tout ce travail, charger le bois, le décharger, guider le cheval, l'attacher, donnait une sacrée soif et il s'attardait quelque peu au comptoir avec des connaissances. La somme d'argent équivalente au troisième stère de bois y passait à quelques centimes près. Ta grand-mère qui veillait au grain, l'attendait ces jours-là de pied ferme. Il rentrait en général en fin d'après-midi, un peu éméché et la casquette de travers. En arrivant à la ferme, le cheval à peine attaché à l'écurie, il devait rendre les comptes : deux stères de bois moins le sel, la ficelle à rôti et les gras-doubles. Il rapportait l'argent au centime près à ta grand-mère qui lui demandait :

« Qui t'as payé à boire ?

A chaque fois, il répondait bien sûr :

- Personne ! »

Ce qui était vrai, car s'il était roublard, il ne mentait pas. Quant au cheval, il était muet comme une carpe !

Après le repas, Charly charge les brouettes de bois bien sec. Arthur voudrait l'aider à l'empiler dans le bûcher, mais son dos lui fait trop mal :

« Ah ! Ce n'est pas rien de ne plus pouvoir faire ! Qu'est-ce qu'on devient ! L'année dernière, je courais encore comme un lapin, et voilà : Paralysé à cause de leurs saloperies ! J'aurais mieux fait de ne pas me faire vacciner, quitte à attraper une bonne grippe. Tu parles, dans le temps quand on avait la crève, on mettait un cataplasme, on buvait une bonne gnôle et ça repartait. Aujourd'hui avec toutes leurs simagrées, y sont juste bons à te piquer du pognon et pis c'est tout ! »

En fin d'après-midi, avant qu'il ne quitte la ferme, Marie a glissé deux billets dans la main de Charly.

« Tu les mérites et ça nous arrange bien que tu viennes nous aider. On te dira de venir arracher les patates quand ce sera le moment. »

Chapitre III

Le Dimanche suivant, en quittant la ferme, Charly croise une jeune femme sur le chemin qui conduit aux étangs. Elle est plutôt jolie dans sa robe blanche légère et il lui semble l'avoir déjà vue quelque part. Elle lève les yeux et laisse échapper un petit sourire en le voyant passer. Charly lui sourit également et lâche un bonjour enjôleur.

Après avoir flotté quelques instants, il ne peut résister à l'envie de faire demi-tour, son vélo vacillant de droite et de gauche comme s'il était ivre. Il voudrait parler à cette femme, mais pas un seul mot ne daigne sortir de sa bouche. Elle finit par lui demander :

«Vous cherchez quelque chose ?

- Euh...C'est-à-dire...enfin... Mes grands-parents vivaient ici avant.

- Ah, c'est marrant, les miens n'habitent pas très loin. »

Charly sourit...

- Tu es Julie ?

- Et toi Charly ? Répond-t-elle en cachant tout sentiment pouvant éventuellement se manifester.

- Que deviens-tu Julie ?

- Je travaille dans l'événementiel, je participe à des réceptions d'affaires, j'organise des réseaux publicitaires, je suis souvent à Paris.

- Tu te souviens, nous jouions ensemble quand nous étions enfants ?

Bien sûr qu'elle s'en souvient, Julie, il ne peut en être autrement, mais elle répond :

- Non, pas vraiment.

- Ne te rappelles-tu donc pas du téléphone que l'on fabriquait avec des papiers à boucher les confitures, fixés sur des boîtes de conserves avec des élastiques.

- Non, ça ne me dit rien.

- Pourtant, on se parlait à travers cette invention, le but du jeu étant de rallonger la ficelle le plus possible afin d'être sûrs que nos voix étaient bien transmises par le dispositif et non pas directement dans l'air...Ah, j'en ai bousillé des pelotes de ficelle à rôti appartenant à ma grand-mère ! J'étais le chouchou, elle me laissait faire beaucoup de bêtises.

- Je vais jusqu'à la rivière. M'accompagnerais-tu ? ajoute Charly.

- Non merci, je vais continuer ma balade. »

Charly n'insiste pas. Il a compris et s'en va, un peu déçu.

Il continue son chemin, seul à travers la nature profonde proche de la ferme. Il fait très chaud. Il a bien l'intention de se rafraîchir un peu au bord de l'eau. Pour y avoir suivi son père lorsqu'il était encore enfant, il connaît les coins où seuls les pêcheurs s'aventurent. Il emprunte donc le chemin de pierre qui longe les étangs, attache son vélo à un arbre, foule ensuite la dernière plage de galets, puis s'enfonce au milieu d'un fouillis de branchages et d'herbes en tous genres. Après s'être fait piquer les mollets par une ou deux orties, il arrive dans un taillis un peu plus abordable. A travers les arbres, le soleil dessine des flaques de lumière sur les fougères. Il marche encore quelques centaines de mètres sur un sentier qui n'en est pas vraiment un, puis la rivière est enfin en vue. On peut entendre ses clapotis sur les pierres et apercevoir les reflets de l'eau. Il faut descendre un talus pour arriver sur la berge. Charly redécouvre cet écrin de verdure, mais le cours d'eau se modifie en fonction des crues et du sable qu'il charrie. A cet endroit, la rivière a pris un virage à quatre-vingt-dix degrés sur la droite. Un arbre sans doute couché par le vent, mais pas complètement déraciné offre un rideau de feuillage entre le ciel et l'eau semblant dormir dans une cuvette en contrebas. Charly a envie d'aller encore un peu plus loin, mais pour cela, il faut passer sur l'autre rive. Il enlève ses chaussures qu'il suspend à son cou par les lacets. A cet endroit, le niveau de l'eau est bas. Il suffit de ne pas perdre l'équilibre sur les pierres.

Après avoir passé le gué, puis rampé sous l'arbre couché en travers du lit de la rivière, il ne regrette pas de s'être plié à ce jeu. Devant lui, s'offre un endroit idyllique : perdu dans les feuillages des arbres, les joncs et les fougères, un lagon s'étend entre les graviers d'une petite plage et un barrage de cailloux et de sable. Il fait vraiment très chaud et Charly n'y tient plus. Il n'a pas de maillot de bain, mais qui donc pourrait le voir tout nu au milieu de la forêt ? Il laisse tomber ses vêtements sur les galets brûlants, puis descend lentement dans l'eau transparente dont la fraîcheur sur le ventre lui procure une immense sensation de bien-être.

Il se sent alors comme un lointain parent des poissons. En esquissant quelques brasses, l'eau lui masse les reins, puis les épaules, puis le corps tout entier qui se détend enfin pour communier avec la nature. Après un long bain salvateur, il s'allonge sur les galets, la peau perlée de mille gouttes d'eau qui brillent sous le soleil. L'atmosphère est lourde, et de petites mouches très excitées essayent de le piquer. Une famille de canards s'en est allée un peu plus loin, les deux adultes en tête, se déhanchant et les petits suivant derrière tant bien que mal, en poussant de petits cris.

Sur les branches isolant notre aventurier du reste du monde, des libellules, ou plutôt des demoiselles, se posent puis virevoltent à la surface de la rivière. Il fait tellement chaud que même les oiseaux font la sieste. Le temps semble s'arrêter...

Charly pense à Julie. Elle ne sait pas ce qu'elle perd à ne pas avoir voulu l'accompagner jusqu'ici. Elle a bien changé. Il ne reconnaît plus la petite fille joyeuse qui parfois relevait sa jupe et lui montrait sa culotte en rigolant comme une folle. Aujourd'hui, ça ne risque pas d'arriver ! Les adultes perdent leur innocence enfantine et c'est bien dommage...

Charly n'aperçoit pas l'horizon caché par les grands arbres, mais le ciel commence petit à petit à se charger de gros nuages.

Soudain, le soleil disparaît. Il redoute un orage et, partagé entre l'idée de profiter encore de ces instants hors du temps ou rentrer à la maison, il préfère attendre que les premières gouttes de pluie tiède viennent lui fouetter le dos. C'est un pur plaisir, mais les arbres s'agitent sous l'effet d'un vent violent et après avoir enfilé ses vêtements à la hâte, il quitte à regret ce coin de paradis. Sur le chemin du retour, un premier éclair le surprend. Il compte jusqu'à trois avant d'entendre le tonnerre. L'orage est donc à un kilomètre de là. Après un deuxième coup plus rapproché, des trombes d'eau s'abattent sur lui et ses vêtements trempés lui collent à la peau. Il vient de récupérer son vélo quand une boule de feu traverse les couches de l'atmosphère juste devant lui, dans un crépitement sec, puis un bruit sourd lui écrase les tympans. Une lumière blanche éblouissante a éclairé pendant un court instant le paysage assombri par les gros nuages noirs. Que d'émotions pour une seule journée conclue par ce feu d'artifice, semblant être mis en scène par un grand organisateur maître du monde !

Après une nuit orageuse, le soleil s'est levé dans un ciel tout clair et la chaleur commence à nouveau à se faire sentir en ce début de journée. Pour s'attaquer aux grandes herbes autour de la maison, il faudrait que Charly retrouve la faux de son grand-père. Avec un peu de chance, elle doit bien traîner dans un coin. Il a retrouvé sous la remise la vieille faucheuse d'Alfred, avec les deux timons et les chaînes, mais voilà, sans cheval, il a l'air malin ! Il y a même des lames et la burette d'huile. Bon sang de bon sang, qui aurait bien pu prendre cette faux ? Dans la grange, le van est resté là, sous quelques balles de foin. Et puis, ça y est ! A peine visible dans la pénombre, la voilà, la faux d'Alfred, accrochée à un clou sur une poutre, comme neuve, noire et dure comme l'acier de l'époque, pas du fer blanc importé de Taïwan ! Non ! Forgée par le forgeron de Belmont, du costaud, comme ses gros bras et le vin rouge qui rinçait son gosier après le dur labeur. Dans la lucarne, le marteau et l'enclume sont là, comme si le grand père les avait posés hier, comme s'il était encore en ces lieux à le guider, à lui dire où sont les choses, à lui dicter ce qu'il a à faire.

Pour nettoyer le terrain aux abords de la ferme, il constate que le travail ne manque pas. A la place du jardin, ont poussé des pissenlits, des orties...du plantain et toutes sortes d'herbes inconnues, mais après en avoir arraché quelques-unes, Charly retrouve la terre foncée, fine et souple qu'il a connue il y a trois ou quatre ans, pas plus. Et puis, dans un coin, l'ail vivace a proliféré.

En avançant encore un peu vers la vieille barrière du verger, la place de framboisiers s'est également étalée.

Il savoure les framboises les plus mûres avant de décrocher la faux pour la battre. Il faut déjà démonter le manche en bois. Un clou de charpentier passé dans l'anneau de la vis fera l'affaire. Une fois la bride desserrée, c'est là que commencent les réjouissances. L'enclume enfoncée sur un tronc à fendre le bois, un « casset » rempli d'eau et le marteau bombé en main, il s'agit de maintenir le bord de la faux sur l'enclume, pas une mince affaire ! Il faut être précis et taper au bon endroit, sans déraper. Le son émis en frappant sur le métal indique le travail bien fait. Si la faux n'est pas bien plaquée entre l'enclume et le marteau, « ça sonne le traquet » comme disait Alfred. Il a appris tout ça à son petit-fils, d'ailleurs qui parmi les gens de l'âge de Charly peut se vanter de savoir battre une faux ? Quand le métal est bien trempé, il ne s'écrase pas facilement. La patience est de rigueur pour écrouir le bord de l'outil sur toute la longueur et ça peut durer un certain temps... Effectivement, l'opération nécessitera trois quarts d'heure.

Le moment est venu pour l'apprenti paysan de tester le résultat de son art en commençant à faucher devant la maison. L'outil rase le sol et l'herbe tombe en dégageant cette bonne odeur de foin fraîchement coupé. Il a du mal de tenir la faux correctement. Il ne possède pas le geste de son grand-père qui sourirait s'il était encore là en disant : « Tu vas te faire mal au dos, gosse, tiens-toi droit ! »

Dans l'après-midi, il fait trop chaud pour travailler. Il va jusqu'à la plage du dernier étang puis, après avoir posé son vélo, s'assied au milieu des galets. Deux cygnes vont et viennent en troublant légèrement le miroir créé par la lumière se reflétant sur la surface de l'eau transparente. Dans ce paysage, Charly est serein, il rêve, écoute les oiseaux, profite du soleil pendant qu'à deux ou trois kilomètres de là, d'autres travaillent dans les grands bâtiments gris en tôle ondulée de la zone industrielle. Difficile de faire plus moche, même avec beaucoup d'imagination ! On y trouve une agence de location de chariots élévateurs, un revendeur de matériel électrique, un autre de vêtements de travail, des négociants ; en fait, rien de vraiment productif mis à part un ou deux sous-traitants pour l'automobile pas encore délocalisés dans les pays où la misère est monnaie courante. Plusieurs entrepôts vides portent en grosses lettres l'inscription : « locaux à vendre ». Un peu plus loin, des hectares de prairie cultivable ont été sacrifiés pour l'installation d'une deuxième zone industrielle alors que la première se vide petit à petit, les locaux abandonnés se multipliant à la suite de faillites financières. D'innombrables ronds-points aux abords de l'autoroute, un pont enjambant le canal désaffecté et de grandes avenues bitumées desservent des parcelles numérotées où, en attendant preneur, l'herbe commence à repousser au milieu des cailloux. La nature reprend ses droits dès que l'homme a le dos tourné. Un grand immeuble de verre aux vitres fumées s'élève dans ce no man's land : « Le centre d'affaires » avec ses pancartes : « Bureaux à louer ». Il y a des investisseurs qui ne doutent de rien.

Le lendemain, à la fraîcheur du jour qui se lève, Charly attaque le jardin en commençant par arracher les chardons qui ont un régime de faveur : Il en a fait un tas et les brûlera quand ils seront secs. Puis il se met à faucher en donnant de temps en temps un coup de pierre à faux à l'outil afin qu'il coupe comme un rasoir. Malgré la relative fraîcheur matinale, il transpire et s'essuie de temps à autre dans sa chemise. Il en profite pour boire un coup. L'herbe tombe à terre en andains plus ou moins réguliers. Il arrachera ensuite les plus grosses racines à la bêche. Tous ces végétaux entassés sur le sol pourriront pour donner du compost.

Pendant ce temps, à la ferme du « Pré-dessus », Arthur inspecte son jardin. Il va falloir « tirer » les pommes de terre. On ne sait jamais, s'il se mettait à pleuvoir, ce serait foutu ! Il en arrache un pied comme ça, juste pour voir ce qu'il y a dessous. Elles sont belles, les tiges sont sèches. En rentrant à la ferme, il inspecte le calendrier lunaire. Lundi ou mardi, ce serait bien pour qu'elles se conservent.

Charly sème de la chicorée frisée quand Jeannot débarque avec son énorme tracteur. Il y a d'ailleurs une petite échelle pour en descendre. Cent dix chevaux ! Au ralenti, on entend bien la musique du moteur huit cylindres, une belle mécanique.

« Salut l'ami, comment va ?

- Ça va, ça va, je suis heureux ici.

- Qu'est ce que tu fais, tu sèmes de la salade ?

- Oui, oui, je jardine un peu.

- Mais tu ne bêches pas ? Tu sèmes directement comme ça ?

- Oui, j'ai juste écarté l'herbe coupée et aéré un peu la terre avec le râteau.

Jeannot rigole...

- Et tu crois que ça va pousser ?

- On verra bien, on prendra ce qui vient.

- Arthur arrache les patates Lundi, si tu veux lui donner un coup de main, ça me rendrait service.

- C'est d'accord, tu leur dis que je viens lundi matin.

- Je te remercie, j'y vais, j'ai du boulot qui m'attend, à un de ces jours. »

Après le départ de Jeannot sur son beau tracteur, Charly sème aussi de la mâche. Dans les noisetiers, des oiseaux poussent de petits cris comme pour avertir la communauté que le jardinier du coin travaille la terre. La végétation accumulée au rythme des saisons pendant plusieurs années a créé un tel tapis organique, qu'un simple petit coup de râteau suffit à émietter le sol. Charly vient à peine de tourner le dos, quand une envolée de moineaux s'abat sur le jardin pour y mendier un peu de nourriture.

Le lundi suivant, chez les Mouilleseaux, la journée est donc consacrée à la récolte des pommes de terre. Le sol s'y prête bien, ni trop humide, ni trop sec. Les anciens ne s'y trompent pas : Arthur a observé la météo, la lune, l'avancée de la végétation avant de convoquer son ouvrier. Quand c'est le moment, il ne faut pas faillir. La récolte est bonne. Il faut dire que les pluies d'orage ont favorisé le développement des tubercules. Arthur commande Charly sans pouvoir l'aider et si cette situation épargne son dos, elle le rend plutôt triste. Il lui est difficile d'accepter ses petits malheurs, lui qui a tant travaillé et qui se retrouve là sans pouvoir faire grand-chose.

Vers midi, les deux hommes enlèvent leurs bottes devant la porte d'entrée, le chien tourne en rond, et à leur arrivée sautille pour manifester sa joie de les retrouver. Et puis Jeannot arrive. A table, il explique la détresse des paysans, la paperasserie, les normes qui changent sans arrêt, la concurrence des pays aux conditions de production et salaires minables. Les prix payés aux cultivateurs s'effondrent, mais les remboursements des prêts à la banque calculés à une date antérieure ne changent pas. Tout cela le met dans une situation financière périlleuse. Pendant le repas, Jeannot a descendu la moitié de la bouteille de vin à lui tout seul et plus le temps passe, plus il parle fort.

Dans l'après-midi, Charly réfléchit tout en continuant à arracher les patates. Ce n'est pas la terre sous ses souliers qui l'empêche de cogiter. Il ne faut pas trop qu'il pense aux propos de Jeannot. Ces considérations lui saperaient vite le moral. Mieux vaut profiter du beau temps, apprécier la récolte, la vie en quelque sorte plutôt que se faire des cheveux blancs à propos d'une économie dictée par le productivisme, la rentabilité, l'absence de sentiments pour l'être humain.

En fin de journée, Arthur libère son ouvrier tout en buvant un verre de vin. Jeannot lui apportera deux sacs de patates pour son travail. Tout le monde est content.

En rentrant à la ferme, Charly allume la radio. Sur la fréquence locale, une animatrice à la voix éraillée comme si elle avait passé des nuits entières à fumer depuis des années, essaye de passionner les auditeurs avec des jeux idiots :

« Quelle est la couleur du maillot de l'équipe de France de football ? Je vous donne trois réponses pour vous aiguiller : jaune paille, bleu ou rose bonbon ? Le gagnant pourra passer tout à l'heure dans nos studios pour récupérer son cadeau, un magnifique stylo portant le logo de la station. »

Puis elle passe pour la 5602 ième fois Louise Attaque qui chante « J't'emmène au vent ». A la fin de la chanson :

« *Nous avons un auditeur en ligne, ou plutôt une auditrice. Gilberte, vous avez trouvé la couleur du maillot de l'équipe de France.*

- *Oui, c'est France bleue ?*

- *Bravo, vous avez gagné ! Nous avons à faire à une connaisseuse ! Vous avez suivi la coupe du monde Gilberte ?*

- *Oui, oui, je vous écoute tous les jours, vous êtes vraiment une radio sympa, et les animateurs sont gentils. Je vous remercie pour le cadeau.*

- *Je vous demandais si vous aviez suivi la coupe du monde ?*

- *Comment ?*

- *Au revoir Gilberte, encore bravo et à bientôt sur l'antenne.*

- *Ah oui, j'écoute tous les jours, merci, merci beaucoup.*

- *Nous avions donc Gilberte en ligne qui a gagné un magnifique stylo réservé à nos fidèles auditeurs. Et maintenant voici l'heure des informations : le flash avec Jérôme Nussbauer.* »

« *L'actualité du jour, c'est le football. Le match de samedi prochain est important pour les jaune et vert.*

Les hommes de Gilles Mesnier vont-t-il tirer leur épingle du jeu face à Epinal ? Que faut-il penser de ce début de saison ? Nous poserons la question aux auditeurs après les informations.

Et maintenant la circulation : On note un ralentissement sur l'autoroute au niveau de l'échangeur n° 12 à cause d'un accrochage sur la bande d'arrêt d'urgence, soyez prudents. Je vous laisse avec Stéphane Bouilloud pour le club des supporters. »

En guise de transition, Louise Attaque chante « J't'emmène au vent » pour la 5603 ème fois et puis :

« Nous sommes maintenant en direct pour le club des supporters. Nous parlerons bien évidemment football avec les mauvais résultats de l'équipe locale. Nous attendons vos questions au standard, vos observations et vos suggestions. Mais en attendant, vous allez jouer avec nous.

Quel est le numéro inscrit sur le maillot de l'avant centre Yasmini qui a marqué le seul but inscrit depuis la reprise du championnat ? »

Et là, Charly éteint la radio, il n'en peut plus ! S'il faut avaler ces niaiseries pour avoir la météo locale, il verra bien le temps qu'il fera demain en regardant par la fenêtre.

A la tombée de la nuit, il fait encore chaud. Allongé sur son lit, il pourrait bien s'endormir au son du concert donné par un orchestre de grillons. Par la fenêtre ouverte, une légère brise apporte une odeur de foin fraîchement coupé dans la pièce. La lune éclaire le ciel à travers quelques traînées nuageuses en laissant apparaître des couleurs dont il ne soupçonnait même pas l'existence.

Chapitre IV

La fin de l'été est une période propice à ne rien faire. Charly s'en accommode relativement bien. Allongé sur la plage, il regarde passer les avions. Dans le ciel, pas un seul nuage, rien que du soleil à l'horizon. Pas d'objectif à atteindre, pas de productivité, de compétitivité. A la radio, on commente les mauvais chiffres du chômage. Il faudrait travailler plus, rabâchent les spécialistes alors qu'il n'y a pas de boulot ! Tout va de travers, mais dans les hautes sphères, les maîtres-penseurs font tout pour que ça aille encore plus mal. Au vingt-quatrième étage de leur tour de verre, ils n'ont plus les pieds sur terre.

Un soir, Jeannot débarque à « la Combotte » avec ses deux sacs de pommes de terre. Un petit sourire narquois au coin des lèvres, il inspecte dans le jardin les semis de mâche qui commencent à développer les premières feuilles :
« Alors ça pousse ?
- Oui, oui, doucement.
- Il faut arroser sinon ça ne va rien donner. »
Et Charly explique que le couvert végétal garde l'humidité emmagasinée en période d'orage et protège le sol de l'évaporation de l'eau en plein soleil.

« J'ai lu ça dans un livre de permaculture.

Et l'autre rajoute :

- Ah, ils me font bien rire les écolos. »

Peut-être que ça fait rire Jeannot, mais ça ne transparaît pas sur son visage. Il est plutôt crispé, les traits tirés, pas vraiment bien dans ses godasses. Il vient d'investir dans des panneaux solaires posés sur son hangar pour produire de l'électricité. Quelque part, il est lui aussi écolo, mais pas par idéal, c'est la rentabilité qui compte. Il a besoin de rentrées d'argent, c'est le banquier qui l'a conseillé.

Charly, lui, n'a pas la même notion des grandeurs. Ce matin, il s'en va à vélo faire quelques courses à St-Georges. Au bord du chemin, il a le temps d'observer les fleurs, mais aussi une quantité incroyable de canettes vides et de sacs en plastique. Arrivé à la caisse avec ses deux boîtes de bougies et des allumettes, la vendeuse sourit :

« Vous m'avez reconnu ?

- Evidemment, je vous ai repéré avec vos allumettes mouillées !

Charly sent le chaud lui monter aux oreilles :

- Eh oui, je m'éclaire à la bougie.

- Vous avez de l'humour, répond la vendeuse.

- Peut-être, mais vous pouvez passer chez moi à la ferme de « la Combotte », vous verrez que je ne vous mens pas.

Et la vendeuse, souriant de plus belle :

- Je vais noter ça dans mes tablettes, à bientôt, bonne journée. »

En sortant du magasin, le gars Duvernoy a un sourire qui lui fait le tour de la tête. Il ne faut tout de même pas trop rêver : Sait-elle seulement où se trouve la ferme ? En rentrant, il fait des zigzags de droite et de gauche, sifflote, et arrive à « La Combotte » sans même se rappeler par où il est passé.

L'automne commence à habiller les arbres de pourpre et de doré. Les nuages s'installent cette fois pour de bon et les jours raccourcissent sérieusement. En pensant à l'hiver qui sera bientôt là, Charly redoute la solitude. Il a semé beaucoup trop de chicorées frisées, de mâche et de rutabagas pour un seul homme. Que va-t-il bien pouvoir faire de sa récolte ? Il en a déjà cueilli un peu afin d'éclaircir les plantations, que les têtes de salades puissent s'épanouir sans grimper les unes sur les autres. En sortant sur le pas de la porte, il a fait fuir un écureuil venu s'approvisionner en noisettes. Grâce à lui, Charly qui n'y pensait même pas en cueille pour sa propre consommation.

Dans l'après midi, un panier accroché au guidon du vélo, notre apprenti jardinier s'en va du côté de la ferme du « Pré-dessus ». Les Mouilleseaux sont comme d'habitude bien contents de lui ouvrir leur porte.

Charly est tout fier en posant son panier sur la table :

« Voici mes premières récoltes ! »

Marie enchaîne un chapelet de mercis en ajoutant :

- Elle est déjà belle ta frisée.

- J'en ai bien assez, je ne vais jamais tout manger !

En versant deux verres de rouge, Arthur propose une solution :

- Tu sais pas, gosse, t'as qu'à d'aller la vendre au marché solidaire, ça te fera deux trois sous, et pis au moins, c'est pas perdu.

- Ah, c'est une bonne idée, ça, j'ai bien fait de venir vous voir.

- Allez, à la tienne, mon gars, t'es bien gentil de penser à nous. Mais dis donc, t'as pas entendu parler de la réunion du conseil qui a eu lieu à Belmont ?

- Quelle réunion ?

- Y paraîtrait qu'y vont exploiter des gaz de shit dans la forêt.

Charly sourit...

- Non, non Arthur, je n'en ai pas entendu parler, mais ce ne sont pas des gaz de shit, mais des gaz de schiste !

- Bah, peu importe, mais y paraît qu'ils cassent la roche quand ils font ça, que ça fait des tremblements de terre !

- Pour l'instant, c'est interdit.

- Tais-toi, ils vont bientôt voter une loi, juste pour voir s'il y en a dans le coin. Un jour ils vont faire du froid avec le soleil ces cons-là, tu verras ! No't Jeannot, il a recouvert le toit de son hangar avec des panneaux solaires pour faire de l'électricité. C'est le banquier qu'est venu avec un rigolo de la Chambre d'agriculture. Il a pas eu le choix, c'était ça ou y vendait les vaches. Il parle même d'agrandir, de faire une usine à méthane. Tu te rends compte le paquet qu'ça coûte ! Tout ça pour gagner pas plus d'sous qu'on en gagnait nous autres ! En attendant, l'Jeannot y trime comme un baudet, il a l'cul sur son tracteur du matin au soir, même la nuit pendant qu'les autres y z'attendent tranquillement sans rien faire que les remboursements des emprunts tombent dans leur porte-monnaie.

- Ah, mon pauvre Arthur, c'est ça le progrès ! Je repasserai vous voir un de ces jours mais, en attendant, je vais essayer de me renseigner sur cette affaire de gaz de schiste, c'est inquiétant, ce que vous me dites là ! Allez, à bientôt.»

Avant de rentrer à la Combotte, Charly prend la direction de Belmont. En quittant la ferme, il aperçoit Jeannot qui laboure. Le V8 du tracteur ronronne doucement pendant que les huit socs de la charrue retournent au moins quarante centimètres de terre jaune et de cailloux, un pauvre sol qui sans les engrais n'aiderait même pas un brin de liseron à pousser. Sur la petite route qui descend dans la forêt, des piles de bois dorment ici et là sur le bas-côté en attendant le jour où leur propriétaire viendra les chercher. Certaines sont visiblement abandonnées, vu leur état de pourriture déjà bien avancé. A une époque où l'énergie coûte cher, c'est fou comme on gaspille le bois. Le petit-fils d'Alfred ne peut s'empêcher de penser à son grand-père qui avait déjà remarqué ce phénomène. Il s'en est jeté dans le gosier, des petits verres de beaujolais en allant livrer aux sommités locales du bois récupéré dans cette forêt.

Arrivé devant la mairie de Belmont, un compte-rendu du conseil municipal mentionne effectivement un projet d'étude géologique et géophysique dans la zone cadastrée B 609 et B 610, c'est-à-dire dans la clairière de la forêt qu'il vient de traverser à vélo si sa lecture du plan qui accompagne le projet est exacte. La préfecture a été contactée par une entreprise spécialisée. Il est bien spécifié dans le compte-rendu qu'il ne s'agit pas de recherche de gaz de schiste puisque pour l'instant aucune loi en vigueur ne permet de forage dans ce but. Charly est passé au café du coin acheter un journal, mais il n'y trouve pas un mot sur cette affaire. Dans l'odeur de vin rouge mélangée à celle du tabac, deux ou trois habitués du comptoir s'énervent à propos de la dernière raclée de l'équipe de foot, mais pas moyen de tirer autre chose de leur conversation.

De retour à « la Combotte », pendant que le feu de la cuisinière commence à réchauffer la maison, la radio locale déverse son flot de banalités affligeantes. On apprend à l'émission « Le club des supporters » que l'avant-centre de l'équipe de foot locale « Yasmini » a été contrôlé avec un taux d'alcoolémie de deux grammes à la sortie d'une boîte de nuit le week-end dernier. Dans le milieu du football, le sujet prend une ampleur indéfinissable alors que dans le monde entier des fous furieux lapident des femmes et égorgent au nom d'un Dieu sans que l'on ne s'en inquiète particulièrement. Puis, le réalisateur balance sur les ondes pour la 6500 ème fois « J't'emmène au vent » par Louise Attaque.

Sur France Info, le patron du MEDEF plaide pour une liberté de licenciement plus souple afin de pouvoir embaucher ! Il faut reconnaître que l'auditeur moyen ne possède pas toutes les clés pour comprendre pareille subtilité ! A force d'améliorer la compétitivité des entreprises, produire plus et mieux avec moins de personnel et des salaires toujours plus bas, on comprend mieux pourquoi on en est arrivé là !

Dans ce fouillis d'informations plus déprimantes les unes que les autres, pas trace du moindre projet de loi sur l'exploration des sols ou l'exploitation des gaz de schiste.

chapitre V

Les jours passent et rien de bien nouveau sous le soleil matinal essayant de percer la brume. Charly pense à la réflexion d'Arthur à propos des récoltes du jardin : «Tu sais pas, gosse, t'as qu'à d'aller les vendre au marché solidaire, ça te fera deux trois sous, et pis au moins, c'est pas perdu. »

Sur la piste cyclable qui conduit à la ville, entre la route et la rivière, l'air est plutôt frais en ce mois d'octobre déjà bien avancé. La lumière du soleil levant donne aux quelques nuages gris éparpillés dans le ciel bleu des contours lumineux allant du blanc au jaune doré. Un petit vent du nord rafraîchissant les oreilles se met à souffler de temps en temps en emportant quelques feuilles qui traversent devant les roues du vélo. Pas un chat sur l'ancien chemin de halage. Ceux qui ont encore un emploi sont déjà au travail et les chômeurs encore au lit. A la mairie de St-Georges, une secrétaire donne à Charly un formulaire à remplir afin de s'inscrire au marché solidaire. L'emplacement est gratuit pour les personnes sans emploi.

Le samedi suivant, notre maraîcher amateur débarque donc l'ancien local des pompiers. C'est là que se tient le marché solidaire. La charrette du grand-père Alfred attachée à son vélo est chargée de cageots de frisée rustique, de mâche, d'ail vivace et de rutabagas. Le hangar n'est pas très grand et le nombre de commerçants plutôt restreint. A peine installé, le cœur de Charly s'accélère en croisant le regard de la jolie vendeuse de bougies qui sourit en le reconnaissant. Un peu tremblotant, il va lui dire bonjour en bégayant :

« Vous, vous... avez abandonné votre magasin ?

- Non, non, je viens ici tous les samedis, et vous, vous êtes maraîcher ?

- Non, moi je ne suis rien, j'ai planté un peu trop de légumes tout simplement.

- Ne dites pas que vous n'êtes rien, je vous trouve trop marrant avec votre vélo et votre charrette. Je ne connais pas beaucoup d'originaux comme vous !

- Merci, vous êtes bien aimable. »

La jeune femme vend des bougies de toutes sortes, des allumettes, des photophores et des savonnettes. Sur la table des cartes de visite : « Suzie Desclous, 12 rue de la planchette à St Georges »

Charly en a pris une :

« A tout à l'heure Suzie, je vais m'occuper de mes clients. »

Vers onze heures et demie, il ne reste qu'une tête de frisée dans les cageots. Charly l'offre à Suzie :

« Merci, on m'a déjà offert des fleurs, mais une tête de salade jamais !

En retour, elle lui donne une bougie :

- Voilà, un petit cadeau pour les longues soirées d'hiver.

- Merci, je penserai à vous en l'allumant. »

A midi, chacun repart de son côté en attendant la semaine suivante.

Avec le passage à l'heure d'hiver, la durée du jour déjà rétrécie devient d'un seul coup ridicule. La nuit tombant en fin d'après midi sabote le moral de Charly qui n'a plus qu'à se coucher de bonne heure, seule solution pour économiser les bougies. Il peut ainsi se lever aux aurores pour apprécier les couleurs rouges orangées des levers de soleil quand le ciel est clair. Il vit donc au rythme de la nature, prêt pour la transition énergétique : Les centrales nucléaires peuvent fermer, les centrales hydrauliques être bradées à de grands groupes privés, rien ne changera pour lui.

Afin de trouver le temps moins long, Il a découpé deux planches qui traînaient sous la remise pour construire une cabane à oiseaux : trois planchettes pour les côtés, une plus grande pour le plancher et enfin les deux dernières pour le toit. Les clous ont été les plus difficiles à trouver : tous rouillés, les clous du grand-père, ou trop longs, ou trop courts ou trop gros ou trop petits ! Tous mélangés, en vrac...Il a fallu renverser les vieilles boîtes de conserves en fer blanc pour les trier, en trouver quelques-uns de semblables. Ça a pris du temps, mais elle a vraiment fière allure la cabane, une fois terminée et

installée dans les noisetiers en face de la fenêtre du
« poêle »

Chez les Mouilleseaux, rien de neuf. Arthur et
Marie se préparent à passer l'hiver en stockant du bois
derrière le fourneau :

« On est à l'abri chez nous, c'est toujours mieux
que de traîner ses savates avec des vieux à l'hôpital !

- Vous avez raison Arthur, quand on est jeune, il
faut profiter de la vie ! Mais dites-moi, Jeannot doit bien
avoir de la graine de tournesol ?

- Oh, ma foi bien sûr qu'il en a, mais qu'est-ce que
tu veux faire avec ça ? C'est pas le moment d'en planter !

- Non, c'est pour donner à manger aux oiseaux.

- Tu veux donner à manger aux oiseaux, mais au
fait, as-tu seulement à manger pour toi ? Sinon, tu nous le
dis, on en a plein la cave de ces conserves, des confitures,
des cornichons, des haricots... Ecoute, va voir sous le
hangar du Jeannot, il a des sacs, du maïs, du blé, ça
m'étonnerait bien que tu ne trouves pas du tournesol. »

Dix minutes plus tard, Charly revient avec un petit
sac de graines, il est heureux. De la cave, Marie a remonté
des bocaux de haricots, de petits pois et deux saucisses. Il
n'a rien demandé, mais c'est comme ça que ça se passe
chez les Mouilleseaux et pas question de refuser ou de
repartir sans avoir bu un verre de vin.

De retour à la Combotte, le vent s'est levé. Les cimes des grands peupliers s'agitent dans le ciel de gauche à droite tout comme si ces arbres immenses et souples voulaient balayer les nuages. Un volet mal accroché tape contre le mur. Pour le repas du soir, les haricots de Marie cuisent tout doucement sur la cuisinière ainsi que la saucisse dans une grande casserole d'eau. Avant d'aller au lit, Charly observe l'ombre et la lumière que la bougie de Suzie fait danser sur les murs de la chambre et il se sent moins seul.

Le vent a soufflé toute la nuit. La pluie s'en est mêlée, mais il a tout de même bien dormi. Comme tous les matins, il commence par allumer un bon feu dans la cuisinière. Quand la bouilloire se met à chanter, il verse l'eau sur le café dont l'odeur envahit toute la maison... Mais personne entre ces murs pour partager ces petits plaisirs !

Dans le jardin, les feuilles se sont entassées contre la haie, il y en a des mètres cubes. Avec une brouette n'étant plus cotée à l'argus depuis des décennies, Charly fait des dizaines de voyages pour les étaler au potager. Contrairement à ce que l'on pourrait penser, c'est en automne que l'on commence à jardiner, à préparer la terre pour le printemps. Parallèlement à la planche de salades encore en place, il recouvre petit à petit le sol d'une bonne épaisseur de feuilles sur trois bandes espacées d'une cinquantaine de centimètres pour l'emplacement des allées. Et puis, afin que le vent ne les emporte pas, il couvrira les feuilles de branches coupées dans la haie. Avec cette technique, la décomposition des végétaux et l'apparition de micro-organismes fongiques produiront du compost enfoui par les vers de terre. Ces petites bestioles aèrent ainsi le sol en creusant de nombreuses galeries et se reproduisent en fonction de la nourriture offerte. Elles sont plus intelligentes qu'on ne pourrait le supposer et en tous cas plus intuitives que certains êtres humains. Au printemps, la terre devrait être souple et enrichie d'un précieux humus. C'est ce qui se passe dans la forêt depuis des millénaires.

A la radio, 83 ème journée de match de ligue 1 : Jacques Vendroux en direct du stade St Symphorien pour le match PSG-Metz.

« But de Lavezzi à la 84 ème minute pour le PSG ! Servi par Pastore, Lavezzi enroule du pied droit en première intention, à droite de la surface. Carraso repousse dans les pieds d'Ibrahimovic côté gauche, dont le centre-tir est repoussé au fond des filets par « Pocho », esseulé au deuxième poteau ! »

« Et maintenant en tennis, le suisse Roger Federer bat logiquement Thomas Gasquet en finale de la coupe

Davis. Le Suisse décroche pour la première fois le seul titre manquant à son immense palmarès. »

Et toujours aucune nouvelle sur une éventuelle loi permettant l'étude géologique et géophysique des sols dans le but de détecter la présence de gaz de schiste.

Chaque samedi, Charly se rend au marché solidaire pour y vendre sa production maraîchère. Il parle un peu avec Suzie, ils essayent de faire connaissance, mais l'un comme l'autre sont méfiants, cultivant chacun de leur côté leur solitude, un peu comme les chaussettes égarées n'arrivant jamais à faire une paire. Ils se quittent aujourd'hui pour quelque temps puisque le gars Duvernoy n'a plus rien à vendre jusqu'au printemps prochain. Il va pouvoir recouvrir la quatrième planche du jardin de feuilles et de branchages. Le potager peut se reposer pour l'hiver, les bactéries, champignons et vers de terre ont du travail sous l'épaisse couche de végétaux entassés sur le sol. Tant qu'il ne gèlera pas à pierre fendre, la vie sera présente sous le matelas de feuilles. Il faut penser également aux plantations de l'an prochain. Avant d'avoir tout mangé ses pommes de terre, Charly a trié les tubercules qui vont donner de nouveaux plants à mettre en terre au printemps. Il les a étalés sur des cagettes entreposées à l'écurie, car la température y est fraîche, mais sans crainte du gel pendant l'hiver. Il est important de faire soi-même ses propres plants ou semis car ils sont plus résistants et s'adaptent aux conditions climatiques et environnementales dans lesquelles ils vont évoluer.

La période la plus difficile va commencer pour le petit-fils d'Alfred et Angèle Duvernoy. Il redoute le froid et la neige. La fraîcheur du mois de décembre ne l'incite guère à sortir. Parfois il croit entendre une voiture s'égarant sur le chemin de la ferme, mais personne à l'horizon. C'est sans doute le bruit du moteur V8 du tracteur de Jeannot qui parvient jusqu'à ses oreilles ou alors, un rêve inconscient : Une visite inattendue qui viendrait perturber le silence. Afin de trouver les journées moins longues, il est monté au grenier, histoire de satisfaire sa nostalgie du passé. Quelle aventure ! Parmi les vieux journaux, les livres et vieux objets, il a retrouvé dans une boîte à chaussures ses premiers balbutiements en radio, un récepteur à diode bricolé lorsqu'il avait quatorze ans. Il s'est longtemps demandé ce qu'il était devenu. Il se souvient l'avoir cherché sans succès chez ses parents. Le récepteur se résume à un bobinage et un condensateur d'accord, le courant haute fréquence étant capté par une longue antenne en fil de cuivre. Le signal basse fréquence est détecté par une diode au germanium et un condensateur, afin de faire vibrer la membrane d'un écouteur cristal. C'est une version modernisée des anciens postes à galène. Ce type de récepteur, s'il a l'inconvénient d'émettre un signal sonore très faible, a l'avantage de n'utiliser aucune source de courant extérieure puisqu'il ne possède pas d'amplification. Il ne fonctionne qu'en modulation d'amplitude. L'antenne est encore là, un fil de cuivre isolé faisant le tour du grenier. Charly a installé le poste sur sa table de nuit et y a relié l'antenne et la prise de terre, car les ondes émises par les stations émettrices circulent toujours entre deux points : l'antenne et la terre. Dans l'écouteur sensible, il reçoit relativement bien Europe 1 :

« A la une aujourd'hui, en football, l'équipe de Lyon a obtenu un succès quasi miraculeux hier soir lors du dernier match de la seizième journée de ligue 1, deux à un contre Reims avec un but dans les ultimes instants par Lacasette bien aidé par une faute de main du gardien rémois... »

Charly repose l'écouteur sur la table de nuit. Décidément il n'a pas de chance. S'il avait de l'argent, il paierait un ballon à chaque footballeur, qu'ils ne se battent plus à courir après le même !

En retrouvant ce poste de radio, toute une partie de son adolescence est remontée à la surface. Il vaut mieux qu'il ne rembobine pas le film de sa vie, mais il faut tout de même qu'il s'inquiète pour son divorce et la vente de la maison. Pour cela, il s'est rendu à St-Georges, d'abord chez le notaire puis à l'agence immobilière et, sur la route du retour, s'est arrêté chez ses parents. Il passera Noël avec eux.

Un après-midi, la neige commence à tomber, recouvrant le paysage d'une couche de blanc légèrement bleuté par endroits. Les bruits sont feutrés et le silence autour de la ferme permettrait presque d'entendre tomber les flocons. Seules, les mésanges émettent quelques piaillements autour de la cabane perchée dans les noisetiers. Chacune à leur tour, elles viennent piquer du tournesol en prenant bien soin de jeter un œil à droite puis à gauche, puis comme si elles avaient conscience d'avoir chapardé quelque chose, s'envolent rapidement sur une branche voisine pour casser la graine entre leurs griffes. Là, plus personne ne peut les prendre en défaut. Elles prennent le temps d'ouvrir l'enveloppe avec leur bec avant d'avaler enfin l'amidon contenu à l'intérieur. Puis le balai reprend, inlassablement. Charly est là, debout devant la fenêtre du « poêle » bien au chaud dans la pièce où le feu de bois ronronne. Il passe des heures à contempler ce spectacle offert par la nature.

Avec la neige tombée pendant la nuit suivante, Il se voit coincé à la ferme, mais le soleil faisant son apparition, il décide d'aller à pied à Belmont. On ne sait jamais, peut-être va-t-il avoir des nouvelles de ces fameux gaz de schiste. Dans la forêt, il n'entend que le bruit de ses bottes faisant des trous dans la neige sous ses pas ou de temps à autre quelques branches se délestant d'une poudrée blanche. Les rayons du soleil filtrés à travers les arbres ont bien du mal à réchauffer un peu l'atmosphère. Arrivé à Belmont, il se rend directement au panneau d'affichage de la mairie et là il y a du nouveau :

« En fonction de l'article L.122-1 du code minier, un PER (permis exclusif de recherches) a été attribué à la société Toupargaz pour une durée de deux années renouvelables trois fois sur les parcelles cadastrées B 609 et B 610 dans le bois de Belmont, afin d'effectuer des recherches géologiques et géophysiques. Le but de cette opération est de déceler des traces éventuelles de pétrole conventionnel. La préfecture accorde une autorisation d'ouverture de travaux de recherches après consultation des communes intéressées et l'accomplissement d'une enquête publique, d'une étude d'impact ainsi que des dangers encourus. »

Alors celle-là, elle est bien bonne, se pense Charly ! Il décide de passer au café prendre la température. Il reconnaît, accoudés au comptoir, les mêmes habitués déjà croisés chez Marcel. Une fois n'est pas coutume, après avoir siroté un petit rhum, il se réchauffe un peu. Le patron du bistrot lui confirme n'avoir entendu parler d'aucune enquête publique, ça se saurait ! Un des clients l'interpelle :

« Tu devrais savoir comment ça se passe les enquêtes publiques à Belmont : Une caisse de champagne pour le conseil municipal et tu fais ce que tu veux ! »

Charly sourit :

- C'est vrai, je suis un peu con... »

Puis les commentaires fusent d'un bout à l'autre de la pièce :

« Ils disent qu'ils cherchent du pétrole dans le bois de Belmont, c'est juste parce que la recherche de pétrole conventionnel est autorisée. C'est comme si je disais à ma femme que je viens boire du jus d'orange au bistrot ! Toupargaz, ça veut bien dire ce que ça veut dire, ils cherchent du gaz de schiste et pis c'est tout mon gars ! Ils vont bousiller le bois pour chercher du gaz !»

Sur ces propos, Charly sort du bistrot en enfonçant son bonnet jusqu'aux yeux pour faire le chemin à l'envers, afin de rentrer à la ferme. Le rhum lui a réchauffé les oreilles et heureusement, car le soleil se couche à l'horizon et le froid descend sur la forêt. Avec cette maudite heure d'hiver, il arrive à « La Combotte » à la nuit. Il a passé un bon après-midi et cette fois, il y voit plus clair.

chapitre VI

Pour Noël, madame Duvernoy a préparé quelques escargots et une pintade au four. A table, les parents de Charly posent beaucoup de questions. Ils le voient si rarement qu'ils sont inquiets. Leur fils leur raconte la ruée vers l'or noir à Belmont, enfin si l'on en croit l'arrêté préfectoral. Ça amuse beaucoup monsieur Duvernoy qui pense lui aussi qu'il s'agit-là d'une façon déguisée de rechercher la présence éventuelle de gaz de schiste. Le lendemain, alors que leur gosse s'apprête à rentrer chez lui, madame Duvernoy lui apporte son cadeau de Noël : un carton criblé de trous sur la partie supérieure. En jetant un œil à l'intérieur, Charly se met à rire :

« Une poule ! Ça alors ? Ça me manquait !

Puis le père ajoute :

- Celle-ci, ce n'est pas une poule de luxe !

- Merci, c'est un beau cadeau malgré tout.»

La bestiole, prisonnière de l'emballage, est tapie tout au fond et, avec ses yeux tristes, elle fait peine à voir.

« Je vais lui rendre la liberté » dit Charly, en quittant ses parents.

Arrivé à la ferme, le gallinacé émet ses premiers caquètements en visitant les lieux : l'écurie, puis le jardin, mais il fait frisquet, madame la poule préfère rentrer.

Demain, le propriétaire essaiera de lui trouver de quoi becqueter.

Le soir du 31 décembre, avant d'éteindre sa bougie, il repense à toutes ces nuits de réveillon où Cécile, sa femme, dansait le tango en robe de soirée avec des pharmaciens, des notaires, pendant que lui, déguisé en pingouin s'ennuyait à mourir au bout de la table devant une bouchée à la reine et une bouteille de Bourgogne. Il se demande encore comment ils ont pu se rencontrer, lui, l'homme proche de la nature, le rêveur, et elle, toujours à l'affût des paillettes, des cravates et belles voitures.

Le lendemain, chez Arthur et Marie, la famille est réunie. Julien, leur petit-fils, est en vacances avec ses deux enfants. Pour une fois, Jeannot a abandonné son tracteur sous le hangar. Il ne manque que Julie :

« Elle a organisé une soirée dans un grand hôtel parisien pour le nouvel an... Enfin, c'est ce qu'elle a dit ! Et toi Charly, tu as eu un cadeau à Noël ? demande Marie ».

- Vous ne devinerez jamais ce que mes parents m'ont donné !
- Ma foi, j'sais pas.
- Une poule !
- Une poule ! Ah, ben au moins t'auras des œufs ! Et pis celle-là, elle va pas t'faire cocu !
- Peut-être, mais il faudra que je lui donne à manger.

Jeannot réfléchit :

- Tu sais pas, gosse, il doit rester sous le hangar deux sacs de blé qui traînent depuis j'sais pas combien d'temps ! Je ne peux plus le vendre pour faire de la farine, je te les apporterai demain.

- Ah ça, c'est gentil Jeannot, vous me direz combien je vous dois ?

- Tu rigoles, tu viendras donner un coup de main aux parents comme l'an dernier et on en parle plus ! »

Début Janvier, la recherche de pétrole à Belmont commence à faire du bruit. A la radio, dans le flot habituel des informations, l'évènement transparaît. En apportant les deux sacs de blé, Jeannot lui parle des manifestants qu'ils a vus dans le bois :

« Ils sont installés sous des tentes avec la ferme intention d'empêcher les travaux. On ne sait pas d'où ils viennent, mais pas du coin, en tous cas !

- Par ce froid vif, ils doivent se geler les cacahuètes. Il faut être courageux pour faire ça! » pense Charly. »

Dans son logis, il passe son temps à faire du feu, apporter des paniers de bois et donner à manger aux mésanges. Aux alentours de la ferme, il ne se passe rien. La poule a élu domicile entre deux bottes de paille sous la remise et vient becqueter un peu de blé à l'écurie. Elle a bien tenté une incursion dans la cuisine vite repoussée par le gars Duvernoy, propriétaire et maître des lieux. Il a trop connu de volatiles de son espèce venant mendier quelques miettes de pain sous la table du temps de son grand-père. Ces bêtes-là ont les sphincters capricieux, on ne peut pas leur faire confiance ! Coincé à l'intérieur, Charly pense au printemps : ça lui donne un peu de courage pour attendre le mois de mars. Après tout, il n'en a jamais été aussi près ! D'ailleurs la durée des jours augmente tout doucement. A l'écurie, les plants de pommes de terre qu'il a sélectionnés ont produit depuis l'automne de longs germes blancs. C'est le germe apical. Il faut l'arracher afin que les autres puissent se développer. Sans effectuer cette opération, le pied de pommes de terre ne produirait qu'une tige chétive et ne donnerait qu'une pauvre récolte. Notre jardinier prend donc chaque pomme de terre et enlève cette grande tige blanche. Cette fois, les plants entreposés au frais vont germer doucement jusqu'au mois de mai, période à laquelle il sera temps de les planter.

Les jours suivants, Charly n'en peut plus de rester enfermé. Engoncé dans son manteau d'hiver, son bonnet de laine enfoncé jusqu'aux oreilles, il décide de braver le froid et ce sacré vent du nord pour se rendre à pied à Belmont. A vélo, il aurait le nez gelé. Dans la clairière à mi-chemin entre « La Combotte » et le village, conformément aux dires de Jeannot, les défenseurs de la zone sont réunis autour d'un feu. Ils ont construit des cabanes en rondins de bois et informent les autochtones du projet. La radio parle de « Zadistes », du sigle ZAD, (Zone A Défendre). Les conservateurs de la langue française doivent s'indigner en découvrant pareil charabia !

En apercevant Charly, un grand barbu en pantalon de treillis s'est avancé sur le chemin en lui tendant un tract :

« Vous êtes du coin ?

- J'habite la ferme de la Combotte.

- Où se situe-t-elle ?

- A trois kilomètres d'ici environ.

- Ouh là là ! Vous connaissez les dangers de l'exploitation des gaz de schiste ?

- Non, pas vraiment.

- Tout est expliqué sur ce tract : risques de pollution de l'eau, de fuites de gaz, pollution de l'air, etc...Si vous le désirez, vous pouvez nous soutenir et signer la pétition, c'est dans votre intérêt.

- Bien sûr, je signe tout de suite. »

Charly continue sa route en lisant le tract. Si tout ce qu'ils expliquent est vrai, il peut craindre le pire.

En fin d'après-midi, lorsqu'il rentre à la ferme, il trouve son feu éteint. En allant chercher du fagot sous la remise, il entend sa poule parler toute seule. Elle semble descendre de la grange. En grimpant sur l'échelle du « charri », il trouve dans la paille trois œufs dont un encore tout chaud. Quel bonheur ! Sa mère a eu raison de lui offrir ce cadeau pour Noël. Après cette bonne surprise, il déplie le journal acheté cet après-midi à Belmont. La lecture de la gazette lui fera passer le temps en attendant des journées un peu plus ensoleillées...La cuisinière commence à réchauffer l'air ambiant ainsi qu'un grand faitout rempli d'eau. Demain, il ira faire un tour au « Pré-dessus ».

Le jour suivant, à la ferme Mouilleseaux, le chien l'accueille comme à l'habitude en aboyant pour prévenir ses maîtres. Arthur est assis devant le poêle :

« Tu vois, on attend la fin de l'hiver. Je ne fais que recharger le fourneau, c'est mon plus gros travail !

- Pour moi, c'est bien un peu la même chose. Hier, j'ai tout de même parlé avec les défenseurs de la zone occupée dans la clairière du bois de Belmont.

Marie l'interrompt :

- Mais qu'est-ce que c'est que tous ces djihadistes par là au travers ?

- Ce ne sont pas des djihadistes, Marie, mais des « zadistes ». C'est le terme qu'emploie la radio. Ce ne sont pas des terroristes, mais plutôt des pacifistes qui défendent notre environnement.

- Ah bon, j'aime mieux ça ! Ils ne doivent pas avoir chaud les pauvres, par ce temps-là !

- Ah ça, c'est le moins qu'on puisse dire. Que voulez-vous, on est en hiver. On n'est pas prêt à attaquer le jardin !

Et Arthur marmonne dans son coin :

- Tu sais, on est quand même début février, avant la fin du mois, j'ai l'intention de semer mes plants de tomates à l'intérieur.

- Moi, je n'ai pas de graines.

- Tu en veux, attends un peu...

L'ancien quitte son fourneau qu'il couvait depuis l'arrivée de Charly, puis revient avec un petit sac en papier et un autre plus grand :

- Tiens, là tu as des graines de tomates « St Pierre » récoltées l'an passé et dans l'autre des potirons « rouge vif d'Etampe » ; Ça pousse tout seul, tu les mets en terre au mois de mai, tu les arroses un peu au début et à la fin de l'été, tu en as partout.

- Merci, heureusement que vous êtes là. Vous me sauvez de toutes les situations scabreuses.

Marie répond :

- Tu es un peu comme not' gosse, et pis tu ne nous laisses pas tomber, alors...Tiens, bois un coup au lieu de dire des bêtises.

Le vin rouge délie la langue d'Arthur :

- Quel con ce maire : s'ils trouvent du gaz de schiste dans le coin, ils vont polluer l'eau. Ils recherchent du pétrole soi-disant, mais mon œil : ils nous prennent pour des imbéciles.

Charly :

- Je suis passé à la mairie, c'est un arrêté préfectoral.

Arthur :

- Avec toutes leurs manigances, ce sera bientôt la commission européenne qui décidera si tu as le droit de creuser un trou dans ta cour ! »

Dehors, le ciel se dégage enfin. En quittant la ferme du « Pré-dessus », le soleil réapparaît après plus d'un mois d'absence. Charly ne se rappelait plus des bienfaits de sa présence. Tandis qu'il longe les étangs encore gelés, avec ce beau ciel bleu, tout change d'un seul coup. Il a à nouveau envie de vivre, pense au printemps, à l'été et au bonheur de sentir la chaleur sur la peau. Bien sûr, ce n'est pas pour demain, mais Arthur a raison, il va falloir penser aux plants de tomates. C'est dans cette perspective que le mardi suivant, le gars Duvernoy écume les poubelles du cimetière de St-Georges : expédition sans rapport évident avec les semis de tomates, mais c'est dans cet endroit charmant qu'il déniche une quinzaine de petits pots de fleurs en matière plastique, triés parmi les innombrables plantes entassées là, dans le même état que les locataires du coin.

Dans le pré voisin de la ferme et au pied de la haie, primevères et perce-neige font leurs premières apparitions. Un peu avant la fin du mois, il profite de la température agréable et de la lune montante pour remplir les pots avec du terreau récupéré dans la forêt. Il y enfonce les graines qu'Arthur lui a données, quatre à cinq par godet, posés sur une assiette de jardinière installée devant la fenêtre du « poêle ». Les jeunes plants ont besoin de chaleur et de lumière. Pour l'arrosage, ils puiseront l'eau par capillarité dans l'assiette, afin de développer leurs racines. Pendant que Charly économise quelques euros en faisant lui-même ses propres pieds de tomates, le nouveau PDG de Sanofi encaisse royalement quatre millions d'euros pour son arrivée dans la société. En même temps, l'entreprise licencie cent-soixante-dix employés en France afin d'améliorer sa compétitivité ! C'est un peu à l'écart de ce monde pourri que quelques jours plus tard, les plantules de notre jardinier amateur commencent à soulever la terre au cours de la nuit puis s'ouvrent à la lumière du jour qui se lève. Il faut pour cela avoir le temps de les observer. Arrive ensuite l'opération la plus cruelle : sélectionner le plant le plus beau, le plus fort parmi les quatre ou cinq semés dans le même pot. Les employeurs font cela sans scrupule avec les chômeurs lorsqu'il y a vingt candidats pour un seul poste.

Les jours passent et le mois de mars tant attendu arrive enfin. Au fur et à mesure que le mercure grimpe au thermomètre, la terre se réchauffe doucement. Charly n'attend personne ce jour-là, quand la voiture jaune de l'employé de la poste se pointe sur le chemin qui conduit à la ferme :

« C'est vous Monsieur Charly Duvernoy ?

- En effet, c'est moi.

- Je vous cherche depuis trois jours ! Il faudra mettre une boîte à lettres normalisée.»

Et l'employé, visiblement pressé, lui tend deux courriers, avant de faire demi-tour sans aucune civilité. Charly ne voit pas en quoi une boîte à lettres normalisée aurait aidé cet ours mal léché à trouver la ferme de « La Combotte », c'est plutôt un plan du coin qu'il lui faudrait ou mieux encore, un cerveau bien irrigué ! Une des enveloppes contient une convocation chez le notaire et l'autre un courrier de l'agence immobilière. Sa femme et lui sont invités à signer un compromis de vente pour leur maison.

En attendant ce jour décisif pour la suite des évènements, il réalise un châssis en planches afin d'y effectuer prochainement les premiers semis à l'extérieur. La bêche s'enfonce comme dans du beurre dans la belle terre foncée qui, en se réchauffant sous les rayons du soleil, laisse échapper des vapeurs d'eau à peine visibles. Un merle observe le jardinier depuis un moment déjà. Il s'approche doucement en dodelinant de la tête à droite puis à gauche. Charly s'éloigne de quelques mètres seulement pour à son tour observer l'oiseau. Dès qu'une distance respectable est établie entre eux, le merle vient pincer un énorme ver de terre avec son bec et s'en va un peu plus loin afin de n'être point dérangé pendant son festin. Charly peut alors revenir à son ouvrage jusqu'à ce qu'en fin de matinée le carré de terre soit retourné. La végétation démarre, les pissenlits ont envahi le pré voisin.

En salade avec deux œufs au plat, le « Taraxacum » constituera l'essentiel du repas de midi de notre jardinier.

Quelques jours plus tard, le vieil escalier de bois conduisant à l'office notarial de St-Georges grince sous les pas des époux Duvernoy. Ce statut prévu pour le meilleur et pour le pire ne devrait pas tarder à être révisé prochainement par le juge des affaires matrimoniales. Madame porte un chemisier blanc bien échancré, une minijupe et des bas résilles. Avant d'entrer dans l'office, elle a pris Charly à part en lui intimant l'ordre de récupérer les meubles qui l'intéressent dans la maison. Dans les hauts fauteuils recouverts de moleskine, lui ressemble à un clochard et les acheteurs à deux jeunes tourtereaux qui vont se faire plumer. Après avoir lu l'acte de vente, le notaire invite les acheteurs et les vendeurs à parapher toutes les pages en bas à droite et signer le document en inscrivant « lu et approuvé ». Ils se reverront lorsque le banquier aura donné son accord. C'est une partie de la vie de Charly qui s'envole et, pour se changer les idées, il s'est arrêté chez le jardinier du coin afin de se procurer diverses graines, histoire de perpétuer la tradition de ses grands-parents.

En arrivant à la ferme, il entend des sirènes de pompiers retentir au loin, chose inhabituelle dans ce coin de campagne perdu entre la forêt, la rivière et les étangs. Tout de suite, il pense à Arthur et Marie, un feu ou un accident peut-être ? Il enfourche son vélo et croise Jeannot sur le chemin de Belmont :

« Ne t'inquiète pas, les parents vont bien, mais des camions sont arrivés hier dans la clairière, sur le site protégé par les défenseurs de la zone où Toupargaz recherche soi-disant du pétrole. L'installation de la plateforme de forage commence, mais les manifestants ont bloqué les véhicules. Il paraît que ça bastonne dur, je vais voir ça.

Charly :

- Je te suis. »

Arrivés sur les lieux, nos deux curieux sont accueillis par un cordon de CRS. Un peu plus loin, les « cocktails Molotov » volent bas. Un manifestant a été blessé. Jeannot est en colère :

« Ça ne va pas se passer comme ça. Tu vas aller au café à Belmont et tu demanderas « Bébert », tu devrais le trouver à cette heure-ci. Tu lui expliques ce qui se passe et tu lui donnes rendez-vous chez moi avec les chasseurs. Moi, je vais à St-Georges et tu les fais patienter en attendant mon retour. »

Deux heures plus tard chez Jeannot, la riposte s'organise. Le vin rouge donne la rage au ventre aux vingt-cinq chasseurs et paysans du coin prêts à en découdre avec les CRS. Vers deux heures du matin, alors que tout est calme sur la zone de Belmont, un convoi de tracteurs monte sur le chemin. Armés de fusils de chasse, une vingtaine de costauds tirent des coup de feu en l'air en arrivant à proximité des vigiles de nuit qui se replient. Les défenseurs de la zone sont étonnés, mais approuvent ce renfort improvisé. Les gardiens de la paix endormis sortent de leurs bus, éblouis par les phares des tracteurs qui foncent dans la nuit. En moins de cinq minutes, la compagnie républicaine de sécurité est repoussée jusqu'aux camions du chantier. Une pelleteuse et une cabane sont renversées. Sur le chemin du retour, la longue file de tracteurs est arrêtée par un peloton de gendarmerie. Jeannot et toute l'équipe sont invités à décliner leur identité et signer le procès-verbal dans le fourgon, chacun à leur tour. Bébert, le plus costaud et le plus vindicatif d'entre eux, regarde d'un œil mauvais l'adjudant-chef épais comme une perche de haricots et l'insulte copieusement.

Le lendemain, c'est la mairie qui est assiégée jusqu'à ce que monsieur le maire reçoive les contestataires. Une grosse « Mercedes » noire aux vitres teintées arrive alors dans la cour. Deux gaillards en costard cravate en sortent et se dirigent vers la salle de réunion :

« Messieurs, nous avons bien compris votre réticence à ce projet. Vous auriez pourtant pu tous profiter de cette manne financière et faire prospérer votre région. Tant pis pour vous, nous stoppons les travaux de recherche. »

Tout le monde est sidéré, une victoire aussi rapide était hier encore inespérée. Pour le coup, c'est Marcel, le patron du bistrot qui jubile : petit à petit, dans les

murmures et les rires grinçants, une file indienne quitte
la mairie, traverse la place pour s'entasser au café.

chapitre VII

En attendant la suite des événements, Charly sème de la laitue, des radis, des poireaux et des « choux de Milan » dans le châssis qu'il a préparé. Il a pris soin d'incorporer à la terre des cendres de bois afin de décourager les limaces ayant l'intention de manger les premières pousses bien tendres. Ces mollusques maudits des jardiniers n'apprécient guère la présence des déchets abrasifs du fourneau au contact de leur peau. De plus, les cendres de bois contiennent de la silice, de la potasse, du magnésium et du calcium sous forme de chaux modifiant le potentiel d'hydrogène de la terre. C'est en quelque sorte un excellent engrais naturel. Au fond du potager, les feuilles se sont entassées pendant l'hiver. Cultiver un jardin, c'est de l'espoir, du soleil dans un monde bien gris. De ces moments passés à observer la nature, Charly ressent le bonheur du mystère de la vie, la présence d'une force supérieure à lui, mais ce n'est pas une raison suffisante à ses yeux pour faire des génuflexions et des signes de croix devant le curé ou qui que ce soit. Il se demande même comment les êtres humains ont pu se soumettre à autant de doctrines plus rigoristes les unes que les autres, conduisant parfois à la haine, au meurtre même plutôt qu'à l'amour. Ce qui le déconcerte, c'est la facilité avec laquelle les esprits maléfiques possèdent le cerveau malléable de certains individus. D'ailleurs, quelques-uns d'entre eux ont acquis un haut niveau de culture sans avoir un esprit critique sur leurs connaissances et sans les avoir analysées.

Les réalités de la vie étant toutes autres, Charly a posé un grillage sur ses semis avant que la poule n'aille gratter dans la terre du châssis. En fin de journée, il y pose également deux vieilles fenêtres afin de protéger les jeunes plantules du froid. Lorsqu'il fait beau, il installe ses pieds de tomates dehors, à l'ombre des noisetiers car les jeunes plants sont encore fragiles. L'air pur de l'extérieur, le soleil filtrant à travers les branches et la légère brise du matin les rendent plus costauds. Il faut bien sûr penser à les rentrer pour la nuit : une petite gelée blanche du matin leur serait fatale.

Sur la route de Belmont, les camions quittent le chantier. Puis, c'est au tour des CRS et enfin des manifestants. En trois jours, il ne reste que les cabanes en bois désertées par les défenseurs de la zone et des traces de véhicules lourds sur le chemin. Jeannot est satisfait, mais il reste tout de même inquiet, ce revirement de situation est à peine croyable.

A la ferme, Charly sème du blé pour la poule et débarrasse une bande de jardin des branches entassées à l'automne. Il les fera sécher cet été et les ligotera en fagots pour allumer les fourneaux l'hiver prochain. La couche végétale en décomposition a diminué d'épaisseur pendant la morte saison. Avec un râteau, il enlève les feuilles en trop pour laisser apparaître l'humus. Entassées dans un coin, elles feront un excellent terreau l'an prochain. Conformément à ce qu'il espérait, il n'aura pas besoin de bêcher. Avec une serfouette, il trace des sillons parallèles à une quinzaine de centimètres d'intervalle. La terre est souple et le travail aisé. De la boîte à biscuits en fer datant de sa grand-mère, il sort un paquet de graines d'oignons qu'il éparpille à l'aide du majeur, du pouce et de l'index le long des sillons en essayant de les répartir à peu près régulièrement. De toute façon, il éclaircira ses semis en temps voulu. Demain, il plantera des échalotes, il n'y a rien qui presse, mais c'est plus fort que lui, avec ce beau temps, il se sent pousser des ailes.

L'abruti de facteur a retrouvé la route de « la Combotte » pour lui apporter une nouvelle convocation chez le notaire. Cette fois, c'est pour signer définitivement la vente de la maison à St-Georges. Et puis, voilà Jeannot qui se pointe :

« Comment qu'çà va mon gars !

- Et toi ?

- Ben...Tu sais quoi, on est tous convoqués au tribunal la semaine prochaine.

- Hein !

- Ouais, « atteinte à l'ordre publique » qu'ils disent.

- Eh, ben purée, ils ne vous ont pas raté les cognes !

- Ah, ça, tu peux le dire, mais le maire, il n'est pas net, c'est moi qui te le dis ! Il faudra qu'il s'explique, lui aussi ! »

A Belmont, les commentaires vont bon train. L'arrêt du chantier dans un si bref délai paraît louche. « On ne va pas pleurer, tant mieux » disent les uns ; les autres, plus clairvoyants, soupçonnent le maire de magouilles avec les responsables de l'entreprise d'exploitation. Ce ne serait pas la première fois.

Les nouvelles d'où qu'elles arrivent inciteraient Charly à rester au lit quand un rayon de soleil se pointe comme pour lui dire : « Bonjour ». Les primevères fleurissent sur le gazon, il y a de la vie sous les noisetiers et on sent la sève monter dans les bourgeons du lilas. Avec le beau temps, les plants de tomates s'épanouissent. Les oiseaux se décrassent les bronches en sifflotant dans les forsythias dont les fleurs jaune d'or enflamment le paysage. Sous les châssis, les premières feuilles de radis et de laitues apparaissent et avec elles, les limaces ! En constatant le désastre, Charly a découpé des fonds de bouteilles en plastique récupérées dans les containers à l'entrée de St-Georges. Le lendemain, dans les coupelles remplies de bière, c'est une hécatombe ! Attirés par l'odeur du houblon fermenté, des dizaines de limaçons noirs d'environ un centimètre de long se sont noyés

82

pendant la nuit : une fête de la bière au pays des limaces aux conséquences fatales pour la plupart d'entre elles.

Avant de vendre la maison de St-Georges, le gars Duvernoy aimerait bien récupérer quelques affaires personnelles. Allée des cèdres, en ouvrant la porte, quelle surprise ! Toutes les pièces sont vides. Sa femme a tout embarqué : les meubles, la voiture et la télé. Lui qui se faisait du souci pour débarrasser la demeure, voilà qui est réglé ! Quel choc, malgré tout. Il connaissait l'avidité matérielle de Cécile, mais il est tout de même étonné. Finalement, cela n'a pas beaucoup d'importance, qu'aurait-il fait de ces buffets clinquants et de ces tables en verre ?

Le même jour, au tribunal, sont jugés les vingt prévenus s'étant opposés en force au forage dans la clairière du bois de Belmont : Deux cent cinquante euros d'amende et six mois de prison avec sursis pour tout le monde sauf Bébert qui devra payer quatre cents euros et récolte huit mois avec sursis pour insulte à représentant de la force publique et alcoolisation notoire. Voilà de quoi calmer les esprits pour un moment !

Une petite pluie fine s'est mise à tomber depuis deux jours. Le mauvais temps n'en finit jamais quand il s'installe dans la région. Nul besoin d'arroser les semis d'oignons, il faudra attendre le soleil pour que leurs fines tiges voient le jour ! A la radio, le sauveur de la France, le petit teigneux est revenu. Le garant du régime des retraites, le sauveteur de l'industrie française, le protecteur de la finance déverse son flot de haine sur les ondes. A grands renforts de formules histrioniques, il accuse le président de la République de mentir. Les psychologues appellent ça une projection et les gamins : « C'est celui qui le dit qui y est ! ». Dans sa bouche, toujours le même cynisme, les mêmes refrains, les mêmes rengaines pendant que l'économie bien plombée par le libéralisme et la concurrence déloyale des pays étrangers attend désespérément une hypothétique croissance. Si les experts économistes comptent sur Charly pour relancer la machine, ils ont tout faux ! Il n'y a plus d'argent pour que les honnêtes gens puissent vivre tandis qu'un peu partout des millions d'euros, de dollars s'entassent dans les paradis fiscaux.

Après des journées entières à regarder passer les nuages, le soleil est enfin revenu, les radis seront bientôt bons à manger et la laitue prête à repiquer. A présent, les plantations craignent moins l'attaque des limaces : La poule se chargera d'avaler les plus voraces, c'est la loi de la nature. Les gros dévorent les petits et les sans défense et ceci depuis toujours. Le seul petit problème consiste à protéger les cultures, car le gallinacé a la fâcheuse manie de gratter la terre pour y trouver sa nourriture. Ce matin, Charly, armé de grillage et de crampillons refait la clôture du jardin. L'accès au potager sera ainsi interdit à tout volatile ne sachant pas voler. Les crampillons, sorte de clous à deux pointes lui rappellent son enfance. C'est son grand-père qui lui a appris à les enfoncer dans les piquets d'acacia et ce n'était pas une mince affaire. Ce genre de quincaillerie sans tête a la fâcheuse habitude de ripper sous les coups du marteau et de s'échapper dans la nature. Il faut donc bien le maintenir avec deux doigts, et en accepter parfois les conséquences douloureuses ! Combien de fois le petit-fils d'Alfred a contemplé le soir sur son index gauche une petite boule noire de sang meurtri.

« Tu t'es encore tapé sur les doigts, il ne faut pas la percer »
disait sa grand-mère en embrassant son petit-fils.

« C'est le métier qui rentre » disait Alfred.

Puisque le printemps est de retour, Charly a pris sa canne à pêche pour aller taquiner la truite. Une fois l'ouverture passée, les gens du coin peuvent à nouveau aborder la rivière sans marcher sur les pieds des pêcheurs du dimanche venus d'un peu partout prendre le poisson d'alevinage déversé par la société de pêche une semaine avant le grand jour. Les vraies truites, celles qui se reproduisent dans les frayères des cuvettes sableuses, ne se laissent pas avoir par des guignols en treillis de camouflage. Il faut aller les débusquer sous les grosses pierres quand elles sont affamées. En traversant les bosquets qui conduisent à la rivière, Charly rencontre un habitant de Belmont venu également pêcher dans le coin. Ils parlent de la pluie et du beau temps lorsque le gaillard lui raconte la poursuite des travaux de forage dans la forêt par « Toupargaz ». Charly est étonné :

« Je croyais que le projet était abandonné !
Le pêcheur :
- Pas du tout, la société a simulé un retrait mis en scène avec l'aide du maire, le temps de condamner les manifestants. Maintenant, ils sont tranquilles : Au vu des condamnations, personne ne va la ramener !
Charly :
- Aïe, aïe, aïe, comme on s'est fait berner, je n'en reviens pas. »

Et puis les deux pêcheurs se quittent. Charly essaye de surprendre la truite dans un ou deux coins qu'il connaît bien, mais le cœur n'y est pas. Les propos de l'individu rencontré sur le sentier le perturbent. Finalement, c'est décidé, il plie sa gaule, et s'en va sur le chemin de Belmont où effectivement le chantier a repris dans la clairière. Des camions arrivent, chargés d'engins de toutes sortes, de poutres en fer et de compresseurs.

Cette fois, personne ne leur barre la route. Les manifestants sont partis et les paysans du coin ont leur condamnation en travers de la gorge. Arrivé à la mairie de Belmont, Charly demande à voir le maire lorsque celui-ci débarque au secrétariat en gueulant :

« Vous voulez me voir ?

Monsieur Balluchon est un gros moustachu taillé en forme de poire, serré dans une chemise à carreaux et un blouson en velours côtelé.

Charly bredouille :

- Les travaux ont repris dans la clairière pas très loin de chez moi.

- Ben oui, M'sieur, et pis, qu'est-ce que vous voulez que j'y fasse !

- Je croyais que le projet était abandonné.

- Moi aussi, mais ordre de la préfecture, on ne peut pas discuter la décision du préfet.

Le gros Balluchon le prend pour un imbécile, mais Charly insiste :

- Si vous exploitez le gaz de schiste, mon eau va être polluée.

- Fichtre ! Ce n'est pas une exploitation de gaz de schiste, c'est une recherche de présence éventuelle de pétrole, vous savez ce que c'est du pétrole. Si on en trouvait, plus d'impôts locaux, M'sieur, plus de misère à Belmont, on serait riche ! Alors votre eau, elle ne risque rien, allez venez avec moi chez Marcel, on va s'en jeter un de verre d'eau...diluée dans une boule de p'tit jaune. »

En essayant de traîner le petit-fils des Duvernoy au café, Balluchon lui tape sur l'épaule comme s'il l'avait toujours connu, mais Charly s'extirpe de ce piège comme il peut et rentre à la ferme, dépité !

chapitre VIII

Heureusement, le jardin démarre bien cette année. La nature l'a toujours consolé dans les situations difficiles. Comme disait sa grand-mère Angèle :

« Je crois en Dieu, mais pas en ses créatures ! »

Elle serait contente si elle voyait son petit-fils repiquer des choux et des laitues dans son jardin. Peut-être le voit-elle d'ailleurs ?

Le samedi suivant, au marché de St-Georges, il n'a pas encore grand-chose à vendre, quelques bottes de radis, de l'ail et des œufs, mais c'est l'occasion pour lui de redémarrer la saison, de se changer les idées. Sa venue précoce parmi les autres commerçants est un peu préméditée. A peine arrivé, Suzie vient lui dire bonjour. Elle est toujours aussi jolie avec ses grands yeux étonnés et son chemisier printanier au décolleté généreux.

« L'hiver a été long, soupire-t-elle.

- A vrai dire, j'ai eu l'ennui de vous », répond Charly.

Tandis que les joues de la jeune femme virent au rose pourpre, lui ne sait pas comment il a pu sortir cette petite phrase certainement inspirée par une sincérité débordante. Ils continuent tous les deux à se vouvoyer, mais visiblement ces retrouvailles allument leurs yeux d'un bonheur palpable. Un peu avant midi, en quittant les étalages, c'est décidé : elle viendra à la ferme ce soir prendre le repas avec lui. Sur la route du retour, le jardinier de « La Combotte » vogue sur un petit nuage avec son vélo et sa charrette vide. Il en a oublié ce gros blaireau de Balluchon et sa mauvaise foi.

Dans l'après-midi, il s'en va à la rivière. Entre les noisetiers et les fougères, la vie est belle au bord de l'eau où les truites font des allers et retours sans se douter de ce qui les attend. Cette fois, le pêcheur n'a pas droit à l'erreur. Sa réputation de cuisinier du dimanche et de séducteur est en jeu. Une heure plus tard, la pêche est concluante. Avec deux poissons dans sa musette, Charly n'a plus qu'à passer à l'épicerie de Belmont acheter une demi-livre de beurre.

En fin de journée, une vieille Renault 4 bien délabrée arrive sur le chemin de la ferme. Suzie en descend. Elle a apporté une bouteille de vin blanc du Jura et du pain. Après avoir fait visiter les lieux à son hôte, Charly met le couvert, pose un joli bouquet de jonquilles et un chandelier sur la table. A la tombée de la nuit, il allume les bougies. Jusqu'à ce jour, personne n'avait fait ce coup là à la jeune femme ! Elle savoure cet instant romantique en croquant des radis du jardin. Lui apprécie le pain, du vrai pain, il n'en mange pas souvent. Dans la vieille cuisinière, les bûches se consument gentiment tandis que sur la plaque, deux truites mijotent dans une grande poêle où Charly a pris soin de faire fondre deux noix de beurre. Et puis, en ajoutant un petit verre de Jura, il en offre un à Suzie qui visiblement prend plaisir à le goûter. Ils trinquent à leur santé, à leur amour naissant tandis que les flammes du chandelier font trembler leurs ombres sur la paroi de la cheminée.

Le dimanche matin, un merle perché tout en haut du vieux cerisier chante depuis l'aube. Vers huit heures, ses trilles aiguës réussissent enfin à réveiller les deux amoureux. Après s'être levé à regret, Charly fait chauffer de l'eau et grille des tranches de pain de la veille sur la plaque de la cuisinière. L'odeur du café envahit la cuisine et le soleil entrant par la fenêtre promet une belle journée.

Dans l'après-midi, sur le sentier qui conduit à la rivière, la jeune femme est émerveillée. La nature profonde avec ses arbres, ses fougères et le chant des oiseaux lui procure la paix intérieure que l'on oublie en ville ; et puis, un peu plus bas, l'eau courant sur les rochers et les bancs de galets blancs donne une autre dimension à la vie. Si toutes ces richesses étaient par hasard détruites à cause du forage, Suzie ne pardonnerait pas les malversations de ces sinistres individus qui ne pensent qu'à s'enrichir en bousillant tout. En début de soirée, elle dit au revoir à Charly, la gorge serrée et les joues humides après un si beau week-end.

Dans la semaine, le gars Duvernoy a de nouveau la visite du facteur. Cette fois, ce n'est pas une bonne nouvelle. Il devra acquitter l'impôt foncier de la ferme avant la fin du mois. Comme il n'a pas un sou devant lui, il ne pourra pas payer avant d'avoir touché l'argent de la vente de la maison de St-Georges ; or, c'est bien connu, les notaires ne sont pas pressés de restituer les sous qui ne leur appartiennent pas, c'est comme ça, c'est le syndrome de la profession. En ce qui concerne le courrier de la Trésorerie, il y a bien un formulaire à renvoyer à la perception, mais l'ajournement de l'impôt n'est pas prévu. Il prend donc sa plus belle plume pour expliquer son cas au percepteur en espérant que celui-ci soit investi des grâces de la Vierge et de sainte Rita, patronne des causes désespérées.

A la poste de St-Georges, l'employée à qui Charly demande un timbre répond d'un air agacé :

« Utilisez la machine comme tout le monde, monsieur. »

Après avoir posé l'enveloppe sur la balance, l'automate le bombarde d'une salve de questions, tout comme si les renseignements généraux s'immisçaient dans le réseau informatique :

« Courrier pour la France ? L'étranger ? Simple ? Recommandé ? Avec accusé de réception ? Choisissez... Lettre verte ? Rapide ? Validez votre commande, insérez la monnaie...»

Aïe, aïe, aïe, il n'a qu'un billet de cinq euros et, bien sûr, pas de carte de paiement ! Entre-temps, l'employée a disparu par une porte située à l'arrière du bureau. En moins d'une minute, une longue file de clients impatients s'est formée et Charly cherche désespérément une solution : il n'y a pas de distributeur de monnaie et les affolés qui attendent là ne sont pas d'humeur à rater leur tour. Il aimerait exposer son problème à la délicieuse postière qui revient avec un colis mais, visiblement, elle ne veut pas lui parler pendant qu'elle sert un autre client. Finalement, il préfère s'en aller. A la boulangerie d'en face, il va pouvoir échanger son billet. La petite musique de la porte d'entrée retentit et une jolie boulangère l'accueille en lui disant bonjour : enfin, un être humain dans ce monde en voie de robotisation.

« Vous désirez ?

- Euh...Est-ce que vous pouvez me faire de la monnaie de cinq euros, s'il vous plaît ?

- Ah, non, je ne peux pas ouvrir ma caisse sans afficher une somme à payer.

Décidément, le progrès technique avec toutes ses applications n'a pas prévu ce cas.

- Et bien je vais prendre un bonbon.

- Mais, ça se vend au poids ! lui fait remarquer la boulangère.

- Soit, lâchez-le au dessus du sol et vous verrez qu'il va tomber à terre, alors posez-le donc sur la balance et dites-moi combien je vous dois !

- Ça fera cinq centimes... Merci, et cinq dix, un, et quatre qui font cinq. »

Avec tous ces contretemps, il est bientôt midi quand Charly glisse enfin son courrier dans la boîte à lettres.

Pendant que le monde entier se perd dans des magouilles incroyables pour gagner de l'argent, autour de la ferme de « La Combotte » la nature est florissante. Elle permet à Charly de vivre, certes sans grand confort, mais d'une richesse à nulle autre comparable. Chaque chant d'oiseau, chaque goutte de pluie ou rayon de soleil est un bienfait dont il profite pendant qu'un peu partout les mitraillettes et les fusils font la loi dans les mains d'hommes ne pensant qu'à tuer, torturer et semer la terreur. La moindre petite fleur, le plus petit brin d'herbe soulevant le goudron le consolent du réveil des extrémistes nostalgiques du régime de Vichy, des claquements de bottes et des crânes rasés !

Autour de la ferme et dans le jardin, la végétation prend bien son temps pour s'épanouir. Les oignons semés il y a déjà une vingtaine de jours sortent enfin de terre après avoir longuement hésité. Ils ont attendu le beau temps, la chaleur et la bonne lune pour produire de fines tiges repliées qui apparaissent au ras du sol. Ces choses-là sont intéressantes à observer surtout si l'on considère qu'une si petite tige verte donnera un bel oignon jaune paille à l'automne. Il est temps à présent de débarrasser de ses branches et ses feuilles une bande de terre réservée à la plantation des patates. Le sol pourra ainsi se réchauffer.

Chez le notaire, la vente de la maison a été une simple formalité. En quelques minutes, Charly a tourné la page. A vrai dire, il s'en moque un peu car ce ne sont pas les plus belles années de sa vie qui s'achèvent avec la signature de l'acte notarié. Il a obtenu une avance sur son dû afin de payer son impôt foncier et pour l'instant c'est le principal.

Dans la clairière du bois de Belmont, une immense grue soulève les éléments d'un derrick que des ouvriers, pendus dans une nacelle, boulonnent un à un, une sorte de tour Eiffel, mais plus rétrécie à la base, rectiligne et encore plus moche que le plus visité des monuments parisiens. Pour Charly qui a le vertige au troisième barreau d'une échelle, il est impensable de réaliser pareil ouvrage à une telle hauteur. Parfois, il se demande comment l'être humain a pu sortir de la terre autant de ferraille depuis des siècles. Quand il se balade en forêt, il ne peut imaginer que la planète ait emmagasiné dans son ventre toute la tôle des voitures qui circulent sur l'autoroute, l'acier des fusils et des mitraillettes, les rails de chemin de fer, le cuivre des moteurs et des lignes électriques, le verre des immeubles modernes et le goudron des routes. L'orange vif du derrick détonne sur le bleu du ciel et le noir et blanc des quelques bouleaux rescapés après la réalisation du large chemin d'accès réservé aux camions et autres pelleteuses : une orgie matérielle dans un écrin de verdure !

Charly n'a pas rendu visite aux Mouilleseaux depuis un moment déjà. Il passe donc par la ferme du « Pré-dessus » avant de rentrer. Comme il s'y attendait un peu, Arthur va avoir besoin de lui pour planter les patates. Jeannot a préparé une planche labourée et hersée avec son énorme tracteur. La semaine suivante donc, armé d'une pioche, le gars Duvernoy réalise de petits creux équidistants de long en large dans cette terre jaune et aride pour y enfouir les plants germés durant l'hiver en évitant le passage des roues où le sol est tassé. Comme d'habitude, il repart vers la fin de la journée avec saucisses et haricots dans sa musette, sans oublier de boire son verre de rouge en commentant l'ignominie subie par la population du village et des environs. Arthur est dégoûté :

« On dirait qu'ils font exprès pour que je ne regrette rien, moi qui suis bientôt à la fin de ma vie ! Tu te rends compte, s'ils polluent l'eau avec les produits envoyés dans le sol, ben nous v'la beaux ! On n'a plus qu'à crever, mais ils s'en foutent pas mal.»

Charly ne sait que répondre à ces lamentations car il faut bien reconnaître que le risque est grand. C'est sur ces propos plutôt désespérants qu'il prend congé des deux anciens plantés sur le pas de leur porte.

Le lendemain, c'est dans le jardin de ses grands-parents qu'il plante ses propres patates. Ici la terre n'a rien à voir avec celle du « Pré-dessus », c'est du gâteau. Il se demande bien pourquoi il a bêché. L'humus apporté par la décomposition des feuilles se travaille très bien à la pioche, le sol est aéré, c'est un jeu d'enfant ! C'est comme ça que le petit-fils d'Alfred et Angèle conçoit le travail : sans se forcer ! Lorsque l'on prend plaisir à faire quelque chose, c'est un amusement. Dans son potager, Charly est aux antipodes du matérialisme, des technologies avancées, de la compétitivité, de toutes les insultes plus ou moins modernes relatives au rendement, aux profits financiers et à la destruction de la planète et de la vie.

Vers la fin de la matinée, il reçoit la visite du facteur. Chouette, peut-être que le notaire a viré son argent sur son compte en banque, vide depuis pas mal de temps. Il n'en est rien. Il a gagné un voyage en Slovaquie. Il est prêt à jeter l'invitation au feu lorsqu'il se souvient avoir souscrit à une tombola sur le marché solidaire. En retrouvant son billet, il lit : « premier prix : un voyage en Slovaquie pour deux personnes ». Il se ravise et réfléchit. Il prendra sa décision après avoir demandé son avis à Suzie. Peut-être sera-t-elle d'accord pour l'accompagner ? C'est en tout cas un beau cadeau.

Avec l'arrivée des premiers jours de chaleur du mois de mai, il ne peut résister à l'envie de lézarder au soleil. Sur le chemin qui borde les étangs, il croise deux pêcheurs faisant la sieste puis continue jusqu'au dernier plan d'eau où il a l'habitude d'aller se baigner. Là, il ne craint pas trop d'être dérangé par de jeunes imbéciles jouant avec leur ballon en se prenant pour Ibrahimovic. Ici, seul le chant des oiseaux ou parfois le bruit des poissons gobant des mouches à la surface de l'eau perturbent le silence presque parfait. Après la longueur et la monotonie de l'hiver, il ne se rappelait plus des bienfaits du soleil sur la peau. Il fait déjà chaud pour la saison et, allongé depuis bientôt une demi-heure, il se rafraîchirait bien un peu. N'y tenant plus, il ne peut s'empêcher d'enlever ses chaussures et marcher un peu dans l'eau, pas si froide qu'il ne l'imaginait. Une fois de plus, il n'a pas prévu de prendre avec lui son maillot de bain rangé dans une armoire avec des cravates qu'il ne mettra jamais. Il ne passe en principe pas un chat dans ce coin perdu mais on ne sait jamais, il préfère ne pas prendre le risque de se baigner dans la tenue d'Adam. Les gens sont devenus si mesquins qu'un attentat à la pudeur est vite arrivé. Des canards s'ébrouent sur les galets quand, deux minutes plus tard, un couple de retraités débarque sur la petite plage avec chacun un fauteuil pliant sous le bras.

Suzie s'est inscrite au voyage en Slovaquie, elle est très flattée que Charly ait pensé à elle pour l'accompagner. Vers six heures du matin, ce vendredi-là, tout le monde est au rendez-vous sur la place de St-Georges. A dix heures, le bus est déjà en Suisse et la compagne du chauffeur propose un café aux voyageurs ;

puis un gros monsieur bedonnant et rougeaud déballe un magnifique accordéon, brillant de mille feux. Pour se donner du courage, il sort d'on ne sait où une topette de gnôle, en avale une bonne rasade avant d'estropier « Viva Espana » dont il shunte quelques mesures de temps à autre. S'apercevant soudain qu'il n'est pas au pays du flamenco, il embraye avec « Le café au lit, au lait » de Pierre Dudan, et du coup la chanson fait ton sur ton avec le paysage helvétique. Les anciens chantent, applaudissent, tandis que Suzie et Charly sourient en se regardant avec des yeux qui en disent long. Le chauffeur reste impassible, les mains posées sur le volant. Son calme émerveille Charly qui n'est plus habitué à tel remue-ménage. Vers midi, tout ce petit monde descend au restaurant « Grütlii » quelques kilomètres après la frontière autrichienne. Les grands-mères s'empiffrent de « hirshrosbraten mit kartofeln und salat dazu » et les hommes de « wienerschnitzel mit spätzele » tout en descendant des demis de bière, la boisson nationale et obligatoire ! Le lendemain, après une bonne nuit au « Karlsberg hôtel », le bus poursuit sa route jusqu'à la frontière slovaque où il arrive en fin de matinée. Depuis son entrée dans l'Europe en 2009, le pays est en pleine croissance alors que pour les autres nations de la zone euro, l'économie est paralysée. La Slovaquie reste une destination méconnue de beaucoup de touristes et pourtant c'est un véritable paradis pour les amoureux de la nature et les amateurs de randonnée. Nos touristes du troisième âge sont plutôt intéressés par les spécialités locales. L'hospitalité y est légendaire et les habitants ne demandent pas mieux que de faire découvrir les richesses cachées de leur pays : c'est notamment le cas le dimanche soir dans une distillerie où l'alcool de prune locale négocie l'accordéoniste d'occasion qui termine sa soirée couché dans l'allée du bus ; et puis sur la route du retour, avant de visiter la capitale, le chauffeur tient absolument à faire une halte dans l'usine du constructeur automobile coréen Kia à Zilina. L'atelier de ferrage est entièrement équipé de robots qui soudent les pièces de carrosseries. La direction du site dit ne pas craindre une éventuelle augmentation du coût de la main d'œuvre puisque l'essentiel de la production est automatisé. Charly est dégoûté : décidément, d'ici quelques années, le monde ne sera peuplé que de machines, il n'y aura plus de place pour l'être humain ; plus grave encore, les robots ne cotisent toujours pas aux caisses de sécurité sociale, retraite et chômage ! Ils ne mangent pas de pain non plus, ne conduisent pas de voitures, n'achètent pas de vêtements, ne consomment pas en quelque sorte. Un peu plus au sud, à 60 kilomètres de la capitale, le constructeur français Peugeot s'est implanté à Trnava. Le salaire moyen y est de 850 euros et le salaire minimum de 380 . Les modèles C3 Citroën et Peugeot 208 sont fabriqués là pour satisfaire à la compétitivité de la production. Quand les cadors de la politique, les économistes de kermesse, martèlent sans cesse qu'il faut améliorer cette fameuse compétitivité, Charly se demande s'ils réalisent bien qu'appliquer ces principes en France consisterait à aligner les salaires sur les pays les plus pauvres de la planète, à abaisser le niveau de vie au plus bas !

chapitre XIX

Pendant ces quelques jours de vacances, les travaux ont avancé rapidement sur le site de Belmont. Le derrick est terminé et un trépan perfore le sol. Des rallonges de la hauteur de l'ouvrage se succèdent au fur et à mesure que l'outil descend dans les différentes couches rencontrées. Avec la rapidité à laquelle les rallonges se succèdent, le forage devrait bientôt être terminé. Depuis l'endroit où Charly observe les travaux, il a du mal à évaluer la hauteur du derrick. Le chantier est interdit au public et, bien sûr, il ne faut attendre aucun renseignement de la part des ouvriers. La plupart sont polonais, et logent dans des mobil-homes. Deux d'entre eux s'étant attardés au bistrot ont dévoilé leurs gros salaires : trois cent cinquante euros par mois, et confirmé qu'ils recherchaient bien des gaz de schiste. L'affaire a fait grand bruit, et ils sont repartis en Pologne avec pertes et fracas. Nul ne connaît le sort qui leur a été réservé, mais toujours est-il que si ce n'était pas vrai, le maire et toute la clique des politiques qui le soutiennent ne feraient pas une tête pareille ! D'après les bruits qui courent, le préfet se sentirait à l'étroit dans ses petites godasses !

A la ferme de « La Combotte », Saint Mamert, Saint Pancrace et Saint Servais étant passés sans la moindre gelée matinale, le temps est venu d'installer les pieds de tomates en pleine terre et semer les graines de potirons. Avec le réchauffement de la planète, les saints de glace n'auraient-ils plus leur mot à dire ? Les pommes de terre commencent à dérouler quelques feuilles au ras du sol, les plus gros travaux du jardin sont terminés. Il suffit maintenant de s'armer de patience en attendant les récoltes et, qu'à chacun leur tour, le beau temps et la pluie viennent faire le bonheur du jardinier. Charly va pouvoir prendre quelques jours de vacances au bord des étangs. Pour lui, point de bouchons sur l'autoroute, pas de grève des contrôleurs du ciel non plus, peut-être une chambre à air de vélo crevée dans le pire des cas.

La saison avance et, autour de la maison, la végétation est déjà haute. Le petit-fils d'Alfred a ressorti la faux de son grand-père afin de nettoyer le pré entourant le jardin. La poule suit le faucheur en picorant dans les andains. Plutôt que d'étendre l'herbe au soleil pour en faire du foin, Charly l'entasse sur un monceau de feuilles déjà en décomposition. Tout cela fera un excellent compost pour l'an prochain. Un peu avant midi, un jeune homme arrive à pied sur le chemin qui conduit à la ferme. Les promeneurs sont assez rares dans le coin et Charly se demande qui peut bien lui rendre visite ?

« Bonjour monsieur.

- Bonjour, répond Charly

- Toi avoir travail à faire moi ?

- Non, je n'ai pas de travail.
- Toi avoir la chance, maison, jardin...
- Oui, c'est vrai, vous êtes de quelle nationalité ?
- Kosovo...Difficile trouver travail en France. Au revoir monsieur, toi gentil. »
Et puis le kosovar s'en va comme il est venu.

Dans la soirée, profitant de la tiédeur de l'air ambiant chargé de l'odeur du serpolet fraîchement coupé, Charly repense à son visiteur : tout autre individu bien pensant y verrait un malfrat. Lui n'a retenu que ces mots : « Toi avoir la chance, maison, jardin !»

Il l'aurait bien envoyé chez les Mouilleseaux, mais les anciens auraient pris peur et Jeannot n'est pas disposé à accueillir les mendiants. Il a trop de soucis. Pour redresser sa situation financière, les panneaux solaires installés sur le toit de son hangar ne suffisent pas. Son banquier lui a donc conseillé la construction d'une usine à vaches avec station de méthanisation. Les travaux ont déjà commencé. La structure pourra accueillir plus de huit cents vaches avec automatisation de la traite, distribution automatique de la nourriture et récupération des gaz de lisier dans d'énormes cuves à l'extérieur. Ce n'est pas un pauvre kosovar que Mouilleseaux a embauché mais un ingénieur en informatique et robotisation. Avec l'annonce de la fin des quotas laitiers, passée comme une lettre à la poste et sans un mot dans les radios, il espère bien produire beaucoup plus. Charly n'est pas économiste, mais si tous les exploitants agricoles suivent ce raisonnement, il craint la chute du prix du kilo de lait payé au producteur. C'est la loi de l'offre et de la demande. Décidément, les experts comptables, les technocrates, tricotent la fin programmée des petits paysans dans les coulisses des chambres d'agriculture... Et les robots ne boivent toujours pas de lait !

En rendant visite à Arthur et Marie à la ferme du « Pré-dessus », Charly a fait un détour par le site de la plateforme de forage. Les travaux avancent à une vitesse incroyable. Le tubage est terminé et d'énormes compresseurs envoient dans la couche de schiste de l'eau puisée dans la rivière, mais également du sable et des détergents, si l'on en croit les spécialistes. Le jardinier de la ferme de « La Combotte » prend peur face à un tel projet. L'être humain est capable de prouesses techniques, mais n'arrive pas à vaincre la misère, surtout la misère intellectuelle !

Chez les Mouilleseaux, Arthur devient fou en parlant des investissements de son fils et des travaux de forage :

« On est trop vieux maintenant, on n'y comprend plus rien, faut débarrasser le plancher » pleure l'ancien en avalant son verre de rouge.

Tout ça fait de la peine à Charly.

Le beau temps persiste, la pression du baromètre est haute et la terre commence à sécher. Tous les soirs, le gars Duvernoy arrose son jardin et le niveau de l'eau du puits baisse sérieusement. La météo annonce bien des orages, parfois l'horizon devient noir en fin d'après-midi et, finalement, il ne tombe pas une seule goutte dans le coin de « la Combotte ». La saison a bien commencé, mais cette fois les récoltes souffrent de la sécheresse. Charly dort avec la fenêtre ouverte et une nuit, après des rafales de vent, il entend le joli petit bruit de la pluie sur les feuilles des noisetiers. Il essaye de se lever pour la regarder tomber, mais il n'y arrive pas, il est cloué au lit. Soudain, il se réveille en sueur. Il se lève alors et constate l'absence désespérante de nuages dans le ciel étoilé ! Déçu, il se recouche afin d'essayer de se rendormir. La nuit suivante, le tonnerre le réveille. Cette fois, il ne rêve pas et jette un œil dehors en attendant l'averse qui va finir par arriver, c'est certain. Une heure plus tard, l'orage est encore passé à côté de la ferme !

Les jours se suivent et se ressemblent et comme tout finit par arriver, l'argent de la vente de la maison de St-Georges lui a été versé. Il ne peut pourtant pas acheter la pluie, alors il n'arrive même pas à se réjouir de la résurrection de son compte en banque. Il a réussi à se passer d'argent, mais il ne pourra pas se passer d'eau. Il a dû rallonger la corde du seau qu'il utilise pour puiser. Le tuyau de la pompe doit descendre assez bas dans le puits puisque celle-ci fonctionne encore.

Il a fait chaud au mois de mai et juin s'annonce de même. Ceci ne déplait pas à Charly qui apprécie ces journées d'été, même si la pluie fait défaut pour le jardin. Cet après-midi, il emmène Suzie jusqu'à l'étang des « grands Essards », propriété des Mouilleseaux. N'étant pas accessible en voiture, il faut suivre un sentier à travers les fougères pour y arriver. Dans une grande clairière à l'orée de la forêt, l'eau s'étend sur un hectare. En arrivant dans ce coin, Suzie, visiblement ravie, balaye le paysage du regard. Ils déposent leur sac à dos et leurs vêtements sur la plage de sable de la berge opposée au sentier. Elle est vraiment jolie dans son maillot de bain un peu trop petit dévoilant ses formes attirantes. L'atmosphère est lourde et ils ne tardent pas à se baigner : quelle sensation agréable. Et puis, allongés au soleil, pendant que l'eau ruisselant sur leur peau s'évapore, leurs regards se croisent, ils sont heureux.

« Qui pourrait venir nous déranger ici, mis à part les moustiques et les oiseaux ? »

Charly a à peine fini sa phrase qu'en face d'eux, des branches bougent et un chien sort du sentier. Il aboie un petit coup en se retournant afin de prévenir ses maîtres. La clairière est grande, ils pourraient s'installer un peu plus loin, mais non, toute la famille débarque à côté d'eux sans dire bonjour. Un des deux gamins chiale, la mère gueule, le père envoie le chien récupérer un morceau de bois dans l'eau :

« Va chercher, apporte, c'est bien mon chien ! »

Charly susurre à Suzie :

« Si j'avais des maîtres aussi cons, je crois que je les mordrais. »

Affolés par ce remue-ménage, deux canards qui pataugeaient tranquillement à la surface de l'eau prennent le large en cancanant pour manifester leur mécontentement.

Le soir même, un bon orage éclate. Suzie est restée pour dormir à la ferme. Par la fenêtre ouverte, l'odeur de l'humus monte dans la chambre et le léger bruit de la pluie sur les feuillages continue jusqu'au matin. Le lendemain, le jardin a pris une autre allure. Les potirons envahissent les allées, les laitues sont encore mouillées, les tiges de pommes de terre ont grandi pendant la nuit ! Après l'averse, tout renaît. Le désespoir causé par la terre sèche s'envole. Généralement, lorsque la pluie arrive dans ce pays, elle s'installe pour un moment et, cette fois, elle ne déroge pas à la règle. Tout le monde se plaignait de la sécheresse, cette fois c'est de la pluie. Charly prend ce qui vient et pour tout dire, il se réjouit autant de la pluie que du beau temps. Le niveau de l'eau du puits remonte et ça, c'est important pour lui.

Entre deux averses, il désherbe le potager et pour faire passer un peu le temps, il a décidé d'aller faire un tour au café à Belmont. Au comptoir, les commentaires relèvent d'un haut niveau culturel. Un gaillard d'une quarantaine d'années, barbu, le poil hirsute, dégoise avec véhémence des propos haineux :

« Les chômeurs s'ils n'ont pas d'boulot, c'est qu'ils ne veulent rien foutre. Moi, si je veux, je peux trouver de l'embauche demain.

Un autre lui répond :

- Pourquoi tu ne travailles pas, alors ?

- Tu parles, y'a pas une seule entreprise du coin capable de me payer pour ce que je peux faire. Moi, ça m'fait pas peur de faire n'importe quoi, mais le salaire, faut que ça suive. Les socialistes et les syndicats y font tout pour ceux qui ne travaillent pas, des assistés, voilà c'que c'est ! Du coup, y'a trop d'charges pour les patrons et y mettent la clé sous le paillasson ! »

Charly préfère finir son verre et rentrer. Il pensait peut-être avoir des nouvelles du forage, mais personne n'en parle. Vu la hauteur du débat, inutile de questionner les quelques pochtrons assis là, rivés au zinc.

Le soleil et la chaleur sont de retour pour la fête de la musique, la date officielle de l'été. Pour l'occasion, Charly rejoint Suzie à St-Georges. Dans la rue principale, sur des scènes montées spécialement pour la manifestation, se produisent des groupes de « hard-rock » dont les amplis crachent des sons de guitares électriques saturées à devenir complètement sourd. Tout le monde braille en anglais, c'est la norme. Les rencontres conviviales et bon enfant de mille neuf cent quatre-vingt-deux où l'on s'asseyait sur le trottoir autour d'une guitare sèche et un accordéon pourraient être rebaptisées : « la fête du bruit », ce serait plus judicieux ! Un peu plus loin, un rappeur au crâne rasé, tatoué jusqu'aux oreilles déverse son flot de paroles sans interruption, décrivant la misère planant sur sa cité. Bien vite, les deux amoureux quittent les lieux pour aller boire une bière au calme dans un charmant petit bistrot situé juste en face de l'église. Dans la tiédeur du soir, la peau déjà bronzée de Suzie la rend encore plus belle qu'à l'ordinaire. Les deux gaillards assis au bar ont les yeux rivés sur elle depuis son arrivée.

Avec l'été, la vie reprend dans la ville. Soudain, des vibrations basses résonnent entre les murs, des coups assourdissants ressemblant étrangement à la grosse caisse de la batterie fanfare des Brélêts lors du défilé du 14 Juillet. Le vacarme se rapproche jusqu'à ce qu'une grosse BMW aux vitres fumées se gare devant le café. Deux abrutis aux tempes rasées en descendent, une galette de cheveux comme posée sur le sommet du crâne. Vêtus entièrement de blanc, ils traversent la rue en roulant des épaules pour venir s'asseoir à une table de la terrasse. A peine installés, ils parlent haut et fort dans leurs téléphones, chacun de leur côté. Décidément Charly n'est plus habitué à ce monde artificiel : comme il va être heureux de rentrer à la ferme après cette escapade nocturne.

Au potager, il n'y a pas grand-chose à récolter mis à part l'ail et les laitues que les limaces trouvent à leur goût. L'apprenti jardinier Duvernoy mange d'abord celles qui sont abîmées et vend les plus belles au marché. En attendant la récolte des échalotes et des oignons, il s'est lancé à la recherche d'un véhicule pour transporter sa production à partir du mois de juillet, quand la saison des tomates et des pommes de terre commencera. Avec le virement du notaire, il devrait pouvoir se payer une voiture. En rendant visite à ses parents, il en parle à son père :

« J'ai envie de me racheter une bagnole, d'occasion bien sûr !

- Il y a ton copain Jacques qui vend sa fourgonnette.

- Mon copain Jacques ?

- L'homme à l'ordinateur, tu sais celui qui voulait te convertir à l'informatique !

- Ah oui, ça fait des lustres que je ne l'ai pas croisé, de toute façon, je ne vois pas grand monde à « la Combotte »

- Il a monté sa boîte, dans la zone industrielle.

- Bon, ben je passerai lui rendre visite. »

Trois jours plus tard dans son local, Jacques Verdier est sur les nerfs et il n'a pas trop de temps à consacrer à Charly. Son imprimante tridimensionnelle ou plutôt l'ordinateur qui la pilote va le faire devenir dingue. A la suite d'une mise à jour, il ne reconnaît plus la machine. Il a déjà tout essayé et en bricolant dans le programme, tout est déglingué. Pendant qu'il passe des heures sur ce casse-tête, le travail s'entasse, des urgences bien sûr ! Après un long moment d'attente, Jacques accorde cinq minutes à Charly pour lui montrer la voiture et boire un café :

« Si tu veux, je te vends la boutique avec ! Ça me fera des vacances !

- Tu es gentil, je te remercie, la voiture me suffira.

- C'est quand tu veux, tu viens avec un chèque et tu repars avec la fourgonnette. »

De retour à la ferme, la pluie commence à tomber ; et ça continue le lendemain sans interruption. L'eau ruisselle devant la maison et la terre est trempée. Le mauvais temps se calme enfin le jour suivant pour reprendre de plus belle dans la soirée. Charly profite de ces jours tout gris pour ramener la voiture de l'ami Jacques à la ferme. Sur le chemin du retour, il apprécie d'être à l'abri dans son nouveau véhicule. Il se voit déjà entasser ses potirons à l'arrière pour aller les vendre au marché cet automne ! En ce qui concerne les échalotes, il est inutile d'attendre l'assèchement du sol pour les récolter. Après avoir constaté la pourriture des caïeux dans la terre gorgée d'eau, il décide de tout arracher pour sauver les plus beaux en les mettant à l'abri. Il les fera sécher quand le soleil voudra bien réapparaître. Constat décevant : la moitié de la récolte est pourrie ! Dans ces conditions, il est fort probable que la conservation se fasse mal pendant l'hiver. Il restera tout juste sa consommation personnelle pour l'année, éventuellement quelques bulbes à replanter au printemps prochain, mais sûrement pas de production à vendre. L'année pourtant bien commencée   prend subitement une mauvaise tournure pour le jardinier. Comme à chaque fois qu'il vit une telle situation, il se couche et dort pour oublier ses malheurs. Certaines personnes perdent le sommeil lorsqu'ils ont des soucis, pour lui c'est plutôt le phénomène inverse. Il y a vingt ans, lors de son passage à l'armée, il attendait dès le matin le moment où il allait pouvoir se glisser dans les draps de son lit pour tout oublier, débrancher, être en sécurité. Bien sûr le réveil était un peu douloureux rien qu'à l'idée de faire face à ces abrutis de militaires.

Heureusement, le lendemain matin, la pluie cesse enfin et avec le retour du soleil, les oignons plus résistants aux intempéries que les échalotes survivent à cette période aquatique. Finalement, malgré cet épisode pluvieux, le potager est luxuriant. Si le soleil persiste quelques jours, les autres récoltes devraient s'annoncer abondantes.

Tout va pour le mieux dans le meilleur des mondes jusqu'au jour où Charly commence à avoir des douleurs à l'estomac, puis des nausées. Il se dit que ça va passer, sans doute a-t-il dû manger quelque chose de lourd à digérer. Deux jours plus tard, voyant que ses maux persistent, il décide enfin d'aller voir un médecin. Le toubib ne détecte pas tout de suite la cause de son problème. En rentrant à la maison, il n'a pas faim, et c'est en remplissant un verre avec de l'eau pour prendre ses médicaments qu'il remarque avec stupeur une mousse blanchâtre se formant au dessus du liquide comme lorsqu'on fait couler la bière dans un bock. Ce qui devait arriver arrive : ça y est ! Son eau est polluée ! Lui, d'ordinaire calme et serein, entre dans une colère noire et soulève le couvercle en bois posé sur la margelle du puits pour examiner ce qui s'y passe. Le niveau étant assez haut, il voit, à la surface, une mousse laiteuse formée d'une multitude de petites bulles. Après avoir remis le couvercle en place, il s'assied et se demande ce qu'il va bien pouvoir faire. En reprenant ses esprits, il fonce jusqu'à l'épicerie de Belmont pour y acheter deux packs d'eau minérale puis s'arrête à la mairie pour prendre rendez-vous avec le premier magistrat. Au secrétariat, la jeune employée lui explique :

« Monsieur le maire ne peut pas s'occuper de cette affaire maintenant, il enverra un adjoint chez vous la semaine prochaine ».

En claquant la porte de la mairie, Charly se rend directement chez Balluchon qui le reçoit en ronchonnant :

« Que se passe-t-il ? demande le gros monsieur ventripotent en remarquant les yeux exorbités du gars Duvernoy.

- Il se passe que ça y est, mon eau est polluée et je suis malade !

- C'est peut-être dû au niveau de la nappe phréatique qui a monté avec les pluies de ces derniers jours. Ce n'est pas grave, ça va s'arranger !

- Vous vous foutez de moi, crie Charly ! »

Le gros Balluchon a reculé, tellement Charly est énervé. Le maire de Belmont suppose la gravité de l'affaire et devine la suite des évènements. Il se doute bien que l'exploitation du gaz est en cause et lorsqu'il en réalise les conséquences, le responsable de la commune devient d'un seul coup tout blanc, lui dont les joues sont d'ordinaire plutôt rougeâtres. Charly a remarqué sa peur soudaine, preuve de son mensonge.

« Je passerai demain à la Combotte, voir ce qu'il en est.

- Ce n'est pas demain, c'est tout de suite, hurle Charly.

- Bon, bon, j'arrive, je vous suis. »

Arrivé à la ferme, Charly décharge ses bouteilles quand la voiture du maire arrive. Il le fait entrer dans la cuisine et lui offre un verre d'eau de la pompe. En voyant la mousse se former, Balluchon fait une tête d'enterrement.

« Allez buvez Monsieur le maire, il faut assumer vos conneries maintenant.

- Je ne bois jamais d'eau.

116

- Ça, j'avais remarqué, là vous me faites bien rire !»

Puis Charly voudrait lui montrer la mousse également présente dans le fond du puits à l'instant même où Balluchon pose ses grosses fesses sur le bord de la margelle tout en roulant une cigarette. Il sort son briquet, tourne la molette quand soudain une énorme flamme soulève le couvercle avec un souffle impressionnant. Dans une odeur de poulet grillé, la barbe du maire brûle ainsi que ses cheveux et sa chemise.

Avec la corde, le gars Duvernoy puise alors un seau d'eau qu'il balance sur le gros homme déjà torse nu, frottant ce qui reste de sa barbe et ses cheveux. Puis dans des éclats de rire nerveux et afin de dédramatiser la situation, Charly demande à monsieur le maire, assis par terre :

« A votre avis, c'est le vent de la mer qui monte depuis le fond du puits ?
- Non, non, je crois qu'il y a du gaz dans l'eau !»

Merci à Danielle ROMAIN

ainsi qu'à : Denis COULOT,
Tita, (Christiane ROMAIN),
et   Francine POHL

pour les conseils et la relecture.

Déjà parus, du même auteur :

Charles-Edouard et Mohamed, édition « à l'écoute des poètes » 2006

A la tienne, éditions de la Noue Gavigné 2010

Les Yapalf et les Cénouk, édition   Books On Demand 2011